狡兔歲月

黃和英 著

東大圖書公司 印行

國立中央圖書館出版品預行編目資料

狡兔歲月／黃和英著.--初版.--臺北
市:東大出版;三民總經銷,民81
面; 公分,--(滄海叢刊)
ISBN 957-19-1410-X (精裝)
ISBN 957-19-1411-8 (平裝)

855 81002015

著　者　黃和英
發行人　劉仲文
出版者　東大圖書股份有限公司
總經銷　三民書局股份有限公司
印刷所　東大圖書股份有限公司
地址／臺北市重慶南路一段
六十一號二樓
郵撥／〇一〇七一七五——〇號
初　版　中華民國八十一年六月
編　號　E 85227①
基本定價　伍元叁角叁分
行政院新聞局登記證局版臺業字第〇一九七號

ISBN 957-19-1410-X (精裝)

序

林雲

寫「序」難，爲「名作家」作序尤難。特別是，給經常關懷、愛護、支持與鼓勵我們的長者「黃阿姨」「楊媽媽」寫，更是難上加難。

因爲，多少年來，和英女史，早屬文壇耆宿，著作等身。她的報導文學、烹飪、家事、兒童、教育、遊記，還有許多文情並茂的小品，早已膾炙人口。她的文學素養，登峯造極，已入化境。她在文壇中，聲名早著，且擁有廣大的讀者羣。她的作品文采斐然，文章絢爛。絕不會——也不需要，憑藉任何人的一篇序跋，幾句讚美而有所增益。但，相反地，我還深怕，不學無術似我的序作，可能還會變成畫蛇添足，狗尾續貂。

那麼，旣然知難，我又何以不退呢？

這是因爲，給特別關懷與愛護我們的名作家寫序，一是深感受寵，二是倍覺光榮。所以我明知自不量力、難負重任、受之有愧，可是我還強說卻之不恭。何況，我欣喜「有幸」、且「有權」在出版前能先拜閱原稿，一睹爲快。每當我，挑燈細念，深覺本書，字字珠璣，篇篇可讀，且能和諧社會，溫暖家庭，曉人以處世爲人正道。由衷的欽佩作者。並想藉此機會，也好向有緣同讀此書的朋友們，率先做個心得報告。正所謂野人獻曝、雖閱讀此書，角度與觀點不同，見仁見智，言人人殊，但愚者一得或有助於讀者之閱覽。因是謹將所悟，列陳於後，聊供參考。

一、作者有一顆眞誠無邪的「愛心」，好像一股「氣」流在文中隱隱現現，交錯穿插，使丈婿婆媳間，由憎恨變慈愛；使父子母女間，由隔閡變親近；使人際關係更和諧，使華僑社會更融洽，使人生更具生意。這種力量無以名之，莫非就是文以載「道」吧！——現在有些時下作品，無「道」可載；或不以「道」載。

二、這本書是調整人和、家和、萬事和的一種優良讀物。特別有其「普遍可讀性」。

我要提醒讀者，這本書雖然是作者僑居北美，身歷其境在海外的感觸。事實上，在臺灣、在大陸、香港、歐西各國、在天涯海角、每層社會，都可以當做一面良好的生活借鏡。

總之，讓年長的人讀了，知道「含飴弄孫」。怎樣「接納」「三代之間」的「善意與壓力」。怎樣「珍惜相處時」，而要及時「惜福」。反正，「生兒育女一樣恩」，「好兒不在多」，「子孝不如媳賢」。

讓年輕人讀了，知道母愛、「父母心」、「祖孫情」、夫妻的關懷是多麼的偉大。怎樣從「觀念差異」裏，去留心「媽媽的儀容」，去瞭解她老人家何以要「衝破五子生涯」，而去做「狡兔與雲遊」。

可愛的僑胞讀了，知道當初爲什麼要在海外「扎根成長」？其實這也「不是誰的事」，但現在，我們明瞭怎樣解決心結，怎樣去適應羈旅異邦，寄居籬下的生活，才不會時起「落葉浮雲故鄉情」呢！

當然啦，可敬的祖國朋友若是讀了本書，還可瞭解爲什麼「狡兔要覓新窠」，進而知道僑居的詳情，而做最後去留的參考。

三、本書的文章，「起承」常有驚人處，務把「轉合」仔細看。

古人說：「一句天堂，一句地獄」。所以，寫作的人，更應當注意隨時都會有「積德損德」，「植福種禍」的分別了。

我最喜愛作者她每段小品總結處，有不同對人生、處世的啟示與警惕。而且這些啟示與警惕，是善良的、智慧的、慈悲的、正確的、客觀的、情理法兼顧的。這些都是在讀別的書中不一定有的。偶爾碰到，也不一定是那麼智慧的、那麼慈悲的、那麼善良的、那麼情、理、法兼顧的。

四、文以載「道」，要邊讀邊「悟」。

這本書的優點太多了。如果我們知道「怎樣去讀」，就能得到「如何的悟」。不然大「道」只是三兩句，怎可讓祂，迎面而過。

於是，

由「非主亦非客」的描寫，而我們悟到怎樣解決兩代之間的衝突，怎樣維持家庭和樂之道。由「含飴弄孫」而聯想到後漢書馬太后之詔「……不能復關政矣」。一語點出「家」亦如同「國」。

由「薰風與北風」一文中，可知怎樣使夫妻在老來餘年中，充滿琴瑟和諧的情愫，化鞅鞅爲體貼，進而能達到白頭偕老、益壽延年。

總而言之，這麼好的一部作品，對人類有愛的普被，對僑社有淨化人生的効果。現在，多虧有心善士，樂與出版。希望能藉著一本好書的分佈，而影響全球。那眞是各地的華僑有福了，我們可愛的民族有望了。社會得救了。國家中興了。濟世匡時、陰德廣積，樂爲之序。

「狡兔歲月」序

樂茝軍

儘管美國在臺協會每天仍有人排隊等待簽證，但是美國的吸引力已不再是十多二十年前那麼強烈了。當然，想深造的，想另闢一片天地創業的青壯年，有不少把夢想遠寄託在美國，但那些兒女成家立業在異國，思兒念女的老年人，對於要不要移民美國，的確是相當躊躇難以決定的，有很多人寧願「去玩玩可以，絕不要長期居留。」然而也有不少老年人就像本書作者黃和英女士說的：「一些子女全都旅居海外的人，當自己整日困居在家或是退休後無所事事，對兒孫的思念與日俱增，尤其是不幸喪偶的單身老人。於是決心收拾行裝遠來海外，期望全家團聚安享天倫之樂。」

等這個決定付諸行動以後，果然發現種種擔心過的或沒想到的問題都來了，但「老巢已拔」，沒了退路，怎樣能「安居海外，樂享生活」就成了一門很大的學問。黃和英女士從一九七五年移居美國，至今十多年，用她的生活智慧，累積了很多經驗，不但度過了老伴逝世的悲慟和孤寂，自身與病魔搏鬥的艱難，而且寫作不輟，更好的是和子女相處和諧快樂，自己活得積極有意義。她把這些體驗寫在「狡兔歲月」專欄裏，這個專欄在美國《世界日報》家園版刊載了五年。當時我主編這個版，每次收到黃女士的稿件時，眞的「先睹爲快」，從一堆稿件中先抽出她的、看看她又有什麼心得和生活智慧。

「狡兔」的來由是她的「兩兒一女各居一方，有如三角路線，雲遊出入機場就成了我必定的生活。而好友們常因摸不清我究竟在何處小住，笑稱我『狡兔三窟』……」可能有些老人也是這樣「雲遊出入機場」，甚至不止三窟地生活吧！

老人在異國最普遍的問題可能就是本書中談到的「五子生涯」，指的是瞎子、聾子、啞子、瘸子、老媽子。黃女士認爲要「衝破聾啞的難關，學習聽與講番話，要比學習閱讀番文容易得多。不必耿耿於懷合文法不合文法，只要放膽開口亂講，使對方能半懂半猜下了解話意就行了。」而加入成人學校或其他學習語言的班級，加強語言能力都是可行的。至於不做瘸子，可以學著搭乘公車；而幫忙兒輩做家事，只要量力而爲，自己也順便活動筋骨，也就能心平氣和了。

還有住在兒女家中，老人的身分定位都可能和在國內自己的「老窠」內不同。黃女士在「非主亦非客」文中，提出不妨從「亦主亦客」的角度來看，享受「亦主」身分的快樂，但也不忘「亦客」的身分，「不妨礙或破壞到這個家庭中的氣氛。」「以諒解和樂觀的心境來處理『亦主亦客』的身分，定可減少兩代之間的衝突，而維持家庭的和樂。」

而婆媳問題在海外似乎更複雜難處，因爲很多媳婦多少受到「西風」薰染，對老人尊重不夠，或本身工作太忙，或育兒觀念完全西化，或太注重自主權等等，使得「做客」心態較重的老人更加覺得委屈。黃女士在本書中有很多精闢的看法，她認爲「每家有每家的生活習慣，雖親如直系親屬，在偶然加入對方家庭與相處時，都宜注意到自己付出的『善意』是否恰當，以免反生誤會而引起不快。」如果能把持這個原則，婆媳之間的問題就不至於太嚴重。因爲所謂婆媳問題，除了少數是性格極端造成的以外，大多數都是從生活中雞毛蒜皮小事所引起的，而誤解是最常見的導火線。

對於準備移民美國，或已經居住美國但活得不愉快，甚至只打算小住探親的老年人來說，「狡兔歲月」這本書是很好的「嚮導」。坊間有很多爲年輕人寫的「留學須知」之類的書籍，但極少爲中老年人如何適應異國生活而寫的導引。其實比較缺少適應能力的中老年人更需要這方面的「經驗」，黃女士對生活細節以及人性觀察入微，人情達練，相信她的經驗談對需要的人會相當有幫助。

無論活在什麼環境，無論什麼年齡，積極、開朗才是最重要的。

「狡兔歲月」自序

黃和英

乍從國內來美國定居，在感受上，就像是一棵原本根深葉茂的長青樹，突然被龍捲風連根拔起，旋轉狂飆下，咻的被拽擲在一片荒漠中。當舉目茫然下，雖然陽光依舊，但四周完全陌生，必須自立奮勇尋求生機，才能扎根繼續生長；讓折損殘落的枝葉復甦重綻新芽，讓孤寂失羣的寞落心情重新恢復開朗，生活得有朝氣。

感謝海外《世界日報》的園地，讓我一吐心聲，把眾多的，已有一把年紀的父母們，爲與已在海外成家立業的兒女們團聚而移居海外後，在父母子女媳婿及孫輩間，共同生活上所遇到的參差；是甘飴是辛酸，道將出來，都適宜作三代之間和樂相處的借鏡。

十分多謝東大圖書公司爲我出版這本「狡兔歲月」，更感謝林雲大師及樂茝軍女士爲此書寫序。

願所有寄寓海外的華人家庭，都能很快適應「新窠」的生活，願每個家庭每個人都生活得稱心愉快。

一九九二春寫於加州奧克蘭

目次

狡兔歲月話從頭

一九七五年的春天，外子與我由臺北來美國；華航中美航線的第一站是夏威夷，小停一個小時續飛舊金山。

坐在夏威夷火諾魯魯的轉機休息室，由大玻璃窗向外眺望，一片花團錦簇曲徑迂迴池水粼粼，在豔麗的陽光下，顯得景致嫣然悅目動人。對著這片異國新天地，內心是喜是憂，有著十分複雜的感觸。

我倆的下一代兩兒一女，都在這個國度裏，由進修而步入社會工作，以至成家定居及增添了第三代。這期間，子女們也曾分別回來省親，我與外子也曾個別來此探望子女；但均是時間短促的小聚，而且子女三人在此幅員遼闊的土地上各居一方，很難團聚在一處。獨自一個人，蜻蜓點水般在每個兒女家小聚一段時間又賦別離。相見固然歡欣，離別卻又增一次傷感依戀。總盼望，等到外子退休後，能夠雙雙攜手同來探望子女；那時可有較長的時間停留，以旅遊的心情來相聚；即便是仍需別離，但至少在二老歸去居家思念子女孫輩時，能有共同的回憶，可共同回味細嚼那段三代重聚時的天倫之樂。

如今果眞熬到外子退休，和雙雙攜手探子女的日子，但情況卻與當初期盼的大有不同。因爲外子是因健康欠佳提前退休。兩度因心臟病發作而住院治療休養，他的身體由健壯而轉變成非常羸弱。第二次出院時，是否能完全恢復正常及能否做長途飛行均在不知中。

休養了一段時日後，身體情況已見好轉。同時也因爲不便再續佔公家宿舍，而自己訂購的公寓住宅需半年後才能完成。於是在主治醫師認爲身體可以擔當長途飛行的情況下，決意二人一同來美。一來是他很思念兒女媳孫，來到美國總比子女媳孫一一返臺簡便得多，雖分居各地，至少較易會晤。二來是在此醫療設施較進步的國度裏，及較安靜又而可享天倫之樂的環境中，對外子的心理負擔和身體復健上，可能有較多的幫助，使他早日恢復健康。

臨行前，親友們來話別時，外子曾頻頻說：此行能與子女們相聚固然很可喜，但不知是否住得慣。住不慣時，會很快就回來。同時，因爲自己健康很差，說不定何時就去了，而子女均在國外；此行把老妻交到子女手中，以後可有人照顧，也可安心……。

面對著繁花似錦的新天地，內心仍迴響著外子與親友幽幽的話別聲。回首看他面蘊欣喜未顯倦容的神態，我內心是喜憂參半，對此去未來的生活情形將如何？外子能否恢復健康？是長住下還是重歸去？都不能預料。雖然內心是滿腔的慼然茫然，但極力摒開憂慮；找出了硬幣投入了販賣機，兩個人相視微笑，合喝著我倆第一次在這個國土上買的飲料。

一九八五秋寫於田州

初住小城

初來美國的時候，是住在中部一個僻靜的小城。這個人口不過一萬左右的小城，它的市中心「當堂 Down town」僅是短短的一條街，市政府郵局警察局銀行，以及飲食店食品雜貨店理髮店百貨店都集中在這條街左右。中午前後，市中心區比較有人來往，五六點以後就清靜得少見人影了。「當堂」僅有的一家電影院，每天只演一場，除非是轟動一時的名片，能賣個滿座，平時多半是稀稀落落的十多廿個觀眾。在這個沒有夜生活的小城，一般人晚上多半是坐在家裏看電視，或是早早就上床休息了。

在白天每家戶外也是靜悄悄的，雖然各家都無圍牆，左鄰右舍可以互相一目瞭然彼此的庭院，但也僅是看到綠草如茵花圃燦爛景致優雅宜人，但卻安靜得如同處身在圖畫中，既無車馬喧也不見活動的人影。從臺北那樣人眾車繁的大城市，來到這樣只聞鳥語花香寧靜安謐的地方，眞像是從滾滾紅塵中，來到了情調完全不同的世界。

初抵異邦小城，雖然環境寧靜得有點使人感到寂寞，但是居在此也有它的風趣；因爲長住小城的人都比較樸實，小城內的人情味也比較濃郁。

在此連我們家在內僅有兩家中國人，另一家的男主人與我家威兒同事，也在田大任教；所以在此不論上街逛店，除去這兩家人外，絕難見到其他的東方人面孔。也就因爲如此，我與外子雖初來乍到不識眾人，但眾人卻都知道這兩個新面孔是何人的父母；無論在何處，只要與當地人四目相對時，對方必定面露「我識你爲誰」的表情，頷首微笑。去銀行存取款子也不需另看甚麼證件，認臉就可以了。使初抵異邦作客的異鄉人，內心感到親切和友善。

初來美國最令人不慣的是飲食，尤其是蔬菜種類太少。在超級市場蔬菜部門一眼看上去，除了洋葱、包心菜、胡蘿蔔、大青椒、大芹菜、大茄子和偶有些老四季豆、老菠菜外，就再無其他，把各種菜冠以「大」字一點也不過分。膽狀的茄子大如嬰兒頭，芹菜每莖比男人拇指還粗大，一棵重有一兩磅。不知是土壤還是肥料關係，總之這裏的蔬菜都奇大而老韌。比國內的品味差太多。

十年前，在西岸的舊金山東部的紐約，蔬菜的種類都很少，基本都是上述的幾種；要想吃國內的各種新鮮嫩蔬，只有望洋興嘆，把欲念埋在懷念中。

近六七年以來，東方來美的移民，開始在新天地中種植蔬菜謀生，把各種東方蔬菜移播到這片國土。如今黃芽白、青江菜、蠶豆、湯匙白、韮菜、蕹菜、香芹……凡是你想得到的本國青蔬——包括南亞的越泰諸國和本國調味料，在美國東西岸大城的唐人街都能買到。不過在一般偏僻小城中，仍然和十年前差不多，就是偶有特殊也都是由加州或紐約運來的；例如豆腐，在各小城售價比東西岸的貴一倍（每盒約一元三四角），而且經常是已變酸味。

一九八五寫於田川馬丁

落葉浮雲故鄉情

初來美國時，本預備試著住住看，如果這邊環境對身體羸弱的外子適合，就留下來依子女定居；若不適合則二人再回臺灣。因爲外子患有高血壓性心臟衰竭症。來此之前的最近兩三年中，已經因病發作住過兩次醫院。深知患有這種病症的人就如風中殘燭，說不定何時突然發作就可能成爲憾事與人生永訣。所以當時一切都以維護他的健康爲第一要件，都依對他的利弊爲轉移。

在空氣清新環境安謐朝暮有兒孫承歡，每週有醫師作健康檢查可以安心的情況下，一晃三五個月很快就過去了。外子身體情況日有進步，不但胃口比以前好，行動腳力也有恢復；每天散步四五十分鐘而不感覺走累。連他自己在對鏡看氣色審容時，都很有信心的說：看樣子我還可以再活好幾年。

誰料此話說過不到三四日，竟遽然發病瞬即逝世。使我有如突然陷入昏天黑地四顧茫茫無邊無際的荒野。在孤伶失伴極端悲痛中，不知如何才能提起腳步，走向人生未走完的路。

因爲外子的遽然逝世剩我一人，所以取消了返臺居住的計畫，留下來與子女們共處。在沉默消極悲觀渾渾噩噩的日子中，最容易使人懷念往事思念故土。人說「葉落歸根」，而我自己的根卻在遙遠的地方。海的那一邊——大陸是我生我長的地方，臺灣是我人生旅途中最燦爛的地方。童年青少年的往事固然令人難忘，而壯年中年的種種事蹟更是清晰如在眼前。

如今來到海外異邦，像是與自己原有的世界完全隔絕，除了能朝夕接近兒孫外，所失落的東西太多太多了——沒有了自己的生活、沒有了社會關係、沒有了社會地位，更不見那些可以一傾肺腑的朋友；一霎時幾乎是失去了半個世紀以來，一向圍繞在四周的一切。

如今四周所看到的一切，全是陌生而與你無關的事務；遇到的全是對面不相識、鷹鼻碧眼的異邦人士。使自己覺得深像是一片突被狂風吹離母樹的葉子，飄蕩在茫茫的空中，不知飄到何時何處才能落定。偶擡頭望見藍天上因風浮動的白雲，不禁暗吟「東風若予人方便，心隨浮雲燕北行」而悽然落淚。

遠離自己的國家，而又遽然喪偶；孤寂懷鄉念舊的心情終日嚙咬著我，使我終日鬱鬱神傷。不知經過多少鬱結落寞的晨昏，才將拂之不去的傷痛心情逐漸平定下來；思及如此不能自拔，萬一鬱傷成疾，不但自身受痛苦，更使子女著急擔憂增添麻煩，豈不是更爲不幸。

對舊的一切，譬如心愛的相片，應把它一一仔細收藏心深處的相簿中，懷念時方展閱回憶一番。如今必須把心情放在眼前與未來，應打起精神來繼續拍攝創造更光明美好的人生，而不應就此消沉而浪費了人生與光陰。

狡兔與雲遊

好友沉櫻當年來信中曾說：「……雖然早就知道妳已來美，但再也沒想到會在聖誕節接讀長信；他鄉故知，筆談似更勝晤面。十幾年前是青年人紛紛出國，想不到如今也輪到吾輩老人在國內親友眼中成了有福者。但有位老太太寫過一句詩「憐我衰年走天涯」。甚爲可憐？就是不能成家立業、扎根度日；只能出進機場作雲遊。」她又說：「妳到底比我年輕，還能到處幫忙，我是只能作兒女的累贅，心中很不是滋味……。」

當時讀完她的長信，曾被感染上無限惆悵。

思及，像我們這種年紀的「有福者」在當時（十年前）和現今的美國國土上，不是正有多多。一些子女全都旅居海外的人，當自己整日困居在家或是退休後無所事事，對兒孫的思念與日俱增，尤其是不幸喪偶的單身老人。於是決心收拾行裝遠來海外，期望全家團聚安享天倫之樂。

但如今已不是農業社會那種日出而作日入而息，祖孫五代同堂，老人是一家至尊，兒孫晨昏定省，長承歡膝前的時代。現今，尤其是在美國，每個人都是各有所事終日忙碌勞乏，那得閒暇刻意承歡。

雖然上年紀的父母來美依親生活，並不一定期望如上述情況；僅盼著能朝暮得見兒孫，同室而居以免思念之苦卽已足願。但往往都是與所期盼的大打折扣。而且長期相處，思想見解，三代之間都不免有互看不慣之處，頻有參商摩擦下，難免互不愉快而生芥蒂。

再說父母來美的目的多半是爲跟子女們團聚，但美國幅員遼闊，假如三個子女散居各方，又因工作不能隨意常來往探望父母；那只有由老人家不時來去，以求跟每個子女家庭都有團聚接近機會。於是不得不時常出入機場以做雲遊了。想想這一輩的老人來此就子女，如無屬於自己的固定住所，倒眞像是遊方和尚，只能在子女各家之間雲遊隨遇而安了。

因爲自己兩兒一女各居一方，有如三角路線，雲遊出入機場就成了我必定的生活。而好友們常因摸不清我究竟在何處小住，笑稱我「狡兔三窟」，以致常使信件追隨著往返重投遞。

能在子女間各地雲遊，在三代相處上未嘗不是最好的緩衝感情方式。老人家每隔一年半載就換換環境，也可使三代之間都覺得新鮮而親切。再說能有機會多旅行，多增見聞，多接觸不同的事務，不是人生難得的機遇，何樂而不爲呢！

不過雲遊也好，狡兔三窟也好，十年來倍嘗其中五味。現將似淺澗清溪、潺潺淙淙、悠悠緩緩的生活心得，與讀友們細話從頭。

作婆坐婆做

好友淑芸由臺灣來美爲兒子主持婚禮，我前往道賀，而且提早去了兩天，爲的是老友重逢可以多有幾天時間「剪燭話舊」。幾年不見，兩人有說不完的言語，整日在忙這樣弄那樣中絮絮不休。

婚禮的前一天，淑芸問我：「市政府行公證結婚的地方，有沒有椅子可坐？」

聽了不免有些不明所以，她還未步入老年，身體一向良好，最近也未聽說腿有不適，爲何關心到有無椅子可坐！何況公證結婚儀式絕不致用很長的時間。

詢問之下，她莞爾解說——來美之前，他的鄰居太太熱心教導她說：「在兒子行婚禮時，作婆婆的人必須坐著，『作婆、坐婆』嘛！我們家鄉都是這樣，日後才能享有作婆婆的福氣！」

聽了不由笑說：「這眞是無稽之談的『媽媽經』假如當場沒有椅子妳怎麼辦？難道就會成爲一個不受尊敬的婆婆？」

市政府的大廳中有不少對青年男女在等待公證結婚，執事人按排名先後，請每對準新郎新娘及他倆的家人至親進入旁邊的小房間，由法官爲他們證婚，淑芸急著先向室內瞄一眼，笑對我說：「有一排椅子！」

輪到我們全體六七人進入房間，由法官站立講桌後，準新郎新娘站立室中央，雙方家長至親站左右側。

法官先問新人雙方姓名繼讀證書，然後說幾句祝賀言語。短短的儀式不到十分鐘就完畢。進房間時，我曾悄悄對淑芸說，法官新人及大家都站立，妳怎好一個人坐下？但是公證進行時，我斜睞到她一手下伸搆支在椅子面，似坐非坐的半臀捱在椅子邊上。內心不覺暗笑，同時也默祝福她晉級作婆後得享作婆婆的福份。

兩年以後淑芸再來美國爲她次子主持婚禮。我與她又再聚晤，言談中得知她雖遠隔重洋不是與兒子媳婦同住；但也曾短暫的相處和經常通信。婆媳之間並不很融洽。常爲一些小事而互有意見；也曾幾次在信中向我投訴。

見她由行囊中取出幾件小巧盒飾讓我觀賞，說這是給兒媳和小孫女的禮物。她很有見地的教導我：「妳知道嗎，作婆婆的要恩威並用，我看不慣的，該發脾氣的我就一定要發，該疼的我也會疼。脾氣發完了我會給點值錢的小東西！」

對她這種打一巴掌揉兩揉的方式，我頗不以爲然。我說：「我沒有那麼多閒錢常買禮物，不過我也不會時常亂發脾氣！」她聽了我的反駁不由大笑。

我繼續說：「妳遠居臺灣，很少與住這裏的下一代相處，有好多事，妳人不在此不能了解得很清楚，何況他們也是已成家的人。想當年咱們在這個年紀時，也都有自己的見解主意，時有與我們上一代不能相合的情況。妳何必還那麼操心，要長鞭伸及海外的管那麼多！」

我續解釋給她聽：「妳一心『作婆坐婆』要享作婆的福，如今僑居海外依子女生活的『婆』，許多都是自己不會開車又毫無社會關係甚少朋友來往；子女媳婦上班上學後，只有整日悶坐家中。而家中事務又怎能不幫助做做，例如清潔洗濯烹調縫補等等，豈不眞是作婆、坐婆（整天坐守家中）和加上婆做（每天做個沒完）所以妳還是少操心子女這邊的家務事，由他們自己做主，而安心回臺灣去享清閒福吧！」

遠去的飄香蛋酒

從小我最喜歡過生日，因爲這一天對自己來說是個特殊的日子，家裏人不論老少都會對我另眼相待，顯得特別和善，就是不小心犯了錯，也會由一句「過生日嘛，別駡她！」而躲過該受的責駡。最高興的是母親在這天會爲我添菜，特做一兩樣我最喜歡吃的菜來慶賀我的生日；但最令我長憶的是那碗「炒雞蛋酒」，那是家鄉人過生日時必定吃的慶生點綴。

記得小時候每逢過生日，站在廚房的大灶旁，內心充滿了喜悅，仰著頭觀望母親在灶前親手調蛋煮酒。等到聞見蛋酒飄香時，更是漾起了歡笑。用小手捧起那小碗櫻紅色瓊液中絮團團浮著鵝黃的蛋花，輕啜一口，品嚐著甜甜的帶有醇香滋味，欣賞這份只有過生日才能吃到的美點，小心靈中佈滿了「過生日眞好」的得意與歡欣。

到入初中的年齡後，會在自己生日那天，邀兩三個最要好的同學來家裏，吃一餐母親特爲我燒的好菜。在不斷聽到同學們口中：「好吃、眞棒！」聲中，和如同風捲殘雲般故意的爭先恐後的熱鬧調笑氣氛中，使我感到過生日好精采的快樂。

十三四歲以前一直是覺得——生日是屬於自己的大日子，那是每年中最令人高興快樂的一天，直到有一天聽到「兒生日、母難日」這句諺語，才頓然領悟「生日」雖然屬於我自己，但它是由父母所給予、母親在有喜後經過十月懷胎的種種辛苦，最後更要經過那困難痛苦的分娩過程，才使我呱呱落地來到人世間。尤其在往昔產房設施醫藥衛生方面都不如現今進步，俗語有：「女人生產與閻王爺僅隔一層紙。」的說法。意思是形容女人在分娩時有如足涉鬼門關，幽明只是一紙之隔，說不定就跌進了紙幕命往陰曹去了。所以一般人把自己生日這天稱之爲「母難日」。

從聽到過這句諺語以後，每逢過生日時，在內心中，又不只是把它看成單純的屬於自己的大日子，而是先想到生我育我的母親。到結婚以後自己做了母親，才更領會到撫育子女的辛勞和爲母之不易。那時遇到生日那天，懷抱著幼小的兒子回到娘家，給母親磕過頭，必然的吃上一碗母親爲我煮的香噴噴的炒蛋酒。

母親慈愛歡欣的逗弄著牙牙學語的外孫時，常會提及我幼小時如何如何來比對；母女間憑添不少笑趣，也使我多添些對自己幼小憧憬之年趣事的憶念！

可惜這種歡樂很短，在我婚後三四年，母親因患脾臟重症，僅有五十三歲的年齡就逝世了。從此我就成了無母之人。每逢生日再也吃不到由母親爲我們煮的慶生蛋酒了。雖然自己也學習著烹製，但做出來的總不及母親做的那麼香噴噴的可口。主要的是，它缺少了那份母親的慈愛關懷，在品嘗時也就難有那份被關愛的躊躇得意。

如今，母親已仙逝數十年，我自己也已由做母親升級做了祖母。在近三十餘年中，最初定居臺灣時，每逢丈夫子女生日時，也都依原鄉傳統習慣，做碗蛋酒來爲他們慶生，吃的人歡欣，做的人也興致勃勃。近數年遷居海外後，因爲生活環境的改變，許多固有的傳統習慣都在無形中消失了。丈夫因心臟病於數年前逝世，子女們都在忙碌中討生活，而且散居四處，對於那個用陰曆來記的生日，常會忽略過；弄成陰曆記不住，按陽曆又不是正確的日子，以致根本就不注重生日了，孫兒輩雖全是以陽曆來記生辰，但卻寧願吃披薩、漢堡餅、義大利麵條來慶祝生日。做母親和祖母的人倒可以省些工夫，何況也沒有自釀的糯米酒。

記得往時常會聽到上一輩的人們嘆息：「時代不同了！」在當時，內心曾有——是啊！我們這一代是往進一步上走嘛！如今，該輪到我們這些當年自認爲進一步的人來嘆息了！雖然極力的在追隨著，跟隨時代環境往前進；但對那些失落的過往仍是十分眷戀，就媲如今天，在花甲晉六的日子，想起母親用自釀糯米酒爲我慶生的炒蛋酒，和那份無比慈愛的親情，有著愈久愈深的懷念！

寫於寫於田州馬丁

子孝不如媳賢

在一次有老少三代，二三十人的聚會上，認識了一位看來不過六十上下的婦人。她一頭烏黑未加電飾的頭髮，向後平滑的梳攏著。我以爲她是染過的，才如此墨黑而無一絲白髮。

詢問之下，她說並沒染過。而更令我驚訝的是她實際年齡已是七十出頭，臉上皮膚仍很光潤毫無皺紋。而且身材適中步履輕健精神很好。問起她的養生之道，她說，只是心境開朗而已。

她的丈夫兩年前去世，她現在與兒子媳婦及兩個八九歲的孫兒同住。她說：「我們家的男生都是不喜歡講話的，兒子喜歡待在書房看書，兩個孫兒也很少吵鬧；家中只是聽我們兩個女生的聲音，我跟我兒媳兩個人話最多。少一個，家裏就變得太安靜。」

問起，她都做何消遣？因爲住在海外異邦的老年人都不免會感到寂寞。

她說：因爲丈夫才去世不久，子與媳怕她孤寂，所以絕少讓她一人獨處。她口氣爽朗的說：

「我會跟啊！反正兒媳不上班，她走一步我跟一步，去買菜去逛店，我都跟著……」

在半日的聚會中，親眼看到她那三四十歲的兒媳，隨時隨處不忘對婆母的關懷照顧，那一片發於自然的誠意，令人不由得頻頻稱讚。而那位兒子反沒有關注的表現，好像照顧母親的責任，有妻子代理就可安心了一樣。

有一對老夫婦來美依子女生活，到大兒子家中居住時，兒媳夫婦立刻把主人房讓出來給父母。說是老人家睡有套間的主臥室，夜裏起身去廁所比較方便。家中無論任何事務都是作祖父母的優先。二老常不過意，或是心疼子媳孫兒女兩相讓。兒媳解說是老人家應多享享福；我們還年輕，而孫子孫女更是年少，他們享福的日子有的是；有老人長輩在，當然應先孝敬老人家。上行下傚，看父母如此對祖父母，孫兒女也是爭著對祖父母承歡孝順。一家人相處得十分和樂。

對家庭中瑣碎的小事，男人往往不如女人心細，所以有些小事務，作兒子的常不如作兒媳的能細心顧到，一個家庭中如果是老少三代同居一處，中間一代的主婦可說是一家精神安樂的支柱。

記得好友竹腴當年曾對我說：「我只能為這個家息事，而不能為它生事。」當時她新婚不久正處在一個有三代及伯叔妯娌同住的大家庭中。她的話，給我深刻印象與識悟，而把它當作我婚後的格言。

如今雖然少有姑嫂妯娌同處一個屋簷下的大家庭，但祖孫三代直系親屬同住一處的家庭還是不少。尤其是作客在海外異邦，甚少社會關係少有親友來往的退休老人們，難免常懷孤寂飄零之感。如能夠有兒孫們細心關懷不時承歡膝前，可說是莫大的福份。

寫於加州

五子生涯

許多由國內來這兒依親生活的老年人，常自嘲在美國過的是「五子生涯」。所謂的五子，是指瞎子、聾子、啞子、瘸子和老媽子。因爲在此既不會說英語也聽不懂番話更看不懂英文書報廣告與街名和店舖招牌，而且不會開車，那裏也不能去，只有整天困居家中幫子女做家事；豈不就如同是聾子瞎子啞子瘸子和老媽子嘛！

五子生涯聽起來很幽默，但設身處地實際過這種生活的人，卻是非常苦惱。試想，讓一個身心健康的人，硬變爲聾啞瞎瘸殘障者一般，能不苦惱？而且到了退休年紀的人，半生來，不論大小，多數是已有些成就有過事業的人，或是已歷經操勞撫育子女辛勞的祖母輩，來到人生地疏的異邦，未能享到清閒之福，反要再從頭做沒完沒了的枯燥家事，能不使這些上年紀之人困擾和慨嘆嗎！

要想衝破或是改善所謂的「五子生涯」，須靠家人親友的輔助與自己本身的努力。

先說衝破聾啞的難關，我覺得學習聽與講番話，要比學習閱讀番文容易得多。不必耿耿於懷合文法不合文法，只要放膽開口亂講，使對方能半懂半猜下了解話意就行了。洋人講中文，不也是常出笑話；不是本國言語，那能一字不錯？

以平易近人和藹可親的態度，把兒孫輩、洋人鄰舍老幼，甚至偶然相遇的當地的和善老人，都可作爲練習和學習番話的對象。儘可能的利用自己所知道的辭彙，在日久持續細聽亂講下，久久自然會發覺自己大有進步。

在美國各城市都有成人學校，設有各種學科，一般成年人（包括老人）可以免費入校學習（也有的須繳很少的費用），其他例如老人活動中心（免費）、青年會或各教會，也有舉辦爲新移民學習英語的班次，收費都很低廉。欲加強自己語言能力，不妨找適合的就近學習。甚至三五個人，找一位閒來無事做的鄰居洋老太，來教教會話也是好方法，她可藉此打發時間，又與新移民聯絡了感情。

不開車就如腳「瘸」的問題，若住在較大、有各類公共交通工具設施的城市，當然容易解決。首先去公車機構辦妥優待老人（六十二歲以上）乘車證件卡，及取來各路車線的圖表，把各號車的線路認識清楚，就可搭車來往方便自如。各城市對優待老人的訂價不同，最廉是舊金山，乘一次僅需五分錢。

沒有公車設備的小城鎮，市區面積諒也不會很遼濶，如果腿力還可以，不妨常走路，安步當車，更有益身體。能在一小時左右可以往返的地區，即自己步行，以省兒輩們的時間開車相送。

至於幫做家事，可量力而爲；能幫子女把家中整理得整潔悅目，自己看著也舒暢而且順便活動了筋骨。人須隨著事實場合與環境來變更自己的觀念，才能心氣平和愉快的去適應。

自嘲在異邦苦度「五子生涯」的人，不妨把當年，年輕有爲的精神和毅力重發揮出來，爲自己設法化解衝破這些障礙，使自己更趨健康、生活愉快而又不聾不啞！

寫於加州

西風轉東風

二十多年前，臺灣的各種輕工業還在初起步，那時的一切日用品和現在七十年代的出品比較起來，種類既少又粗陋得很。當時來臺工作的美軍人員，把臺灣看成生產貧乏的落後地區；一切日用品都由本國運來，甚至厠所用紙。因爲那時臺灣還未生產棉軟的衛生紙，一般都用粗糙的草紙。

民國四十五、六年間，有位親友由服務機關派往美國進修與實習，歸來時帶回來一把，在柄上一按彈簧就能張開的自動傘，還有各式毛衣襯衫西裝褲等等，親友們對那一按就張的雨傘十分欣賞，說是下雨天用太方便，單一隻手就可撐開，不妨礙另一隻手捧拿物件。對那些色彩樣式不一的毛衣等，也都十分讚美羨慕，希望自己也能有機會去美國一開眼界，和採買一堆新穎時髦的衣著回來。

但是曾幾何時，在臺灣的輕工業和紡織業日漸發達之後，這種崇尙稱羨美國貨的情形有了大大的轉變。最先是在臺灣的市面上，逐漸出現本國自己生產的各式日用品和衣著類，在品質上不但時有改進，而且日新月異直追現代化的舶來品，然後是在報章上時時看到我國各種生產品外銷到他國的報導。使人興奮鼓舞，覺得我們已不是樣樣都須依靠進口貨，我國也有成品可以銷出賺進外匯了。

六、七年前由臺移居美國，初見到大商店中有臺灣製造的貨品出售時，內心頗爲欣喜，但所見到的多半是大批製造的廉價鞋類和衣著類，雖是薄利多銷的姿態，但總以我國貨不能躋入高貴商品之流，而且類別僅侷限在少數品種內；在欣慰的情緒上難免略有折扣。

我們居住在美國中部一個人口甚少而僻靜的小城。平時少有娛樂。最近在近郊出現一個拍賣場所，每週六晚上舉行一次拍賣會。曾連續去參觀了數次，每次的觀眾均約近百人，拍賣的物件以日用品爲多，還有家具、燈盞、室內外裝飾陳設品等等。

曾看到有仿紅木式的高腳花架、古色古香嵌有鏡臺的老式洗臉盆架、西洋老式的瓷臉盆與裝洗臉水的瓷壺，以及瓷花盆銅臉盆銅痰盂等等，這些都是在老舊的東方或西方的家庭中使用的物件，開始時我以爲是在拍賣古董，後來才發現這些東方或西方的半古董式的家具用器全是新貨，而且都標著「Made in Taiwan」。眞想不到臺灣還有這麼多仿古玩藝兒出品，銷到這個建國不過兩百年出頭的國家。此地人民對別國或本國的古舊文物用器都有一份崇慕的心，買到家中擺飾擺飾而浸浴入懷古的幽思中。

隨後拍賣之物竟又都是大批的臺灣貨，一份份、一盒盒、一袋袋的木工用具、電工用具，成箱的各式各種的魔術方塊、圓球、尖塔、八角柱……等等形狀多端的智力玩具，以及大批的手電筒、燈泡、摺疊彈簧傘、檯燈、風扇等等。

這些東西全都是臺灣出品，商人大批購入後，以拍賣方式售出，雖售價比市面略低，但可以一次售出一大批，不致壓本錢，而購者既享到討價叫價的樂趣，又可花較低的價錢買到合用之物。

在場中，看到一些鄉土老外，一按一收的在玩弄才購到的雙摺彈簧自動傘。看他那股欣賞勁兒，不亞於二十年前，我與親友們對那柄由美國買回來不能摺疊的自動傘。

同時又連想到年前返臺探親友時，在臺北與高雄，曾到許多處專售外銷成衣的店舖，但見那些五光十色樣式新穎的男女老幼各式齊備的冬裝夏服，不但品質佳式樣好而且定價十分低廉，每到一處都會遇上些洋顧客，像發現奇蹟般在大批爭購。因爲與這些在臺售出的外銷成衣相同相似的衣服，在美國各地的售價要較在臺高出不止一兩倍。

在美國近年因爲經濟不景氣，各地的小工業工廠，抵不過東南亞各國大量入口傾銷的廉價商品，不少的工廠倒閉不再生產，於是各地大公司中，廉價的鞋帽衣著布製錢包旅行袋……以至電器用品等等，凡是廉價的攤位都被臺灣貨、港貨、韓、新加坡等東洋貨所佔滿。爲了省錢，誰不會捨高貴而就經濟實用的去購買。而那些一向購物在價目上斤斤計較的番婆番仔們，當然更如是。這也可說是西風轉向東風吧！

一九八二初夏於馬丁

扎根成長

多年前初來美國，恢復與子女們共同生活；所不同的，是子女們已各自成家，不是出國進修前，全依父母住在同一處，而變爲各居一方成立了他們各自的家。父母到每處子女的家小住時，下一代的朋友們少不了有歡迎請吃飯的節目。

十年前在美國各大城市，中國餐館遠不似今日這樣氾濫和普遍。一般人多在家中自己做幾樣菜來招待朋友以應經濟實惠的條件。

初由國內來，在各家吃便飯時感到稀奇的，是每家使用的餐具都是七拼八湊，國內用餐時必有的湯匙佈碟都多半免了，如有湯則用西式金屬的長柄匙代用；飯碗、菜盤大小形狀顏色不一，而且質料也不同，瓷、玻璃、搪瓷、塑膠，五花八門，看起來怪怪的頗不順眼，就像是幾家人湊起來去野餐，各家臨時隨便抓幾件湊合用用一樣。看在眼裏，內心不由爲這些在國外初入社會工作、辛苦經營小家庭的留學生們有一份憐愛和心疼。

曾幾何時，這些在海外扎根繼續成長的下一代青年們，像是日趨茁壯的樹木一樣，根漸深葉漸茂以至欣欣向榮，家的「住」都由小房子改爲大房子，車也由老舊的一輛二手貨改爲豪華的名牌車，而且爲每個家人行動方便，一個家中竟不下三四部。室內外設施陳飾也日趨舒適華麗，食用餐具更是成套的名貴瓷器銀器。雖然不是家家都如此，但相識的下一代中，幾乎全部在生活情況上，比十年前要富裕很多。每到這些下一代的朋友們的家中過訪時，看到這種生活改善的情形，內心有無限的欣慰和暗讚中華兒女們在海外異邦拓展改進生活的奮鬥精神。

俗說，羅馬不是一天造成的。一個舒適美滿有朝氣的家，也不是一蹴而就；它需小夫妻倆同心合力胼手胝足，經過長久的努力奮鬥才能建造出理想的美境。

再說到我自己，初抵美國的最初兩三年，因爲生活環境突然完全改變，過去的一切像是完全失落了——沒有工作、沒有職業、沒有朋友、沒有看慣了幾十年的四周境界……，加上外子突然心臟病發而逝世。使我更感落寞孤寂。直到有一天偶翻閱黃氏族譜。讀到其中九十世峭山公的記事。

文內提到峭山公生於後晉，娶有三房妻室共生有七子。當時因戰亂不靖，峭山公囑各子離鄉外出各闖事業。臨行時，三位夫人各吟詩數句以代臨別教言，其中有：

「駿馬匆匆出異方，任從勝地立綱常；年深外境猶吾境，日久他鄉卽故鄉。朝夕莫忘親命語，晨昏須薦祖宗香；但願蒼天垂庇祐，三七男兒總熾昌。」

以及「倘有富貴與貧賤，相逢須念共根蒂。」之句。

全詩共十二句，囑咐各子牢記和傳誦子孫。說是，日後在異鄉凡是能背此詩的黃氏子孫，均爲同宗共祖的一家人，應互相扶助。

讀了此詩，心境不覺開朗許多。領悟只要自己能牢記根源不忘故土，雖身在海外，但理應就地扎根繼續成長，才能拓展自己和後代的新生命。若終日鬱鬱寡歡不求進步又有何益呢！

寫於加州

心祭

整理書架時，在一本厚厚的書籍中發現了幾張摺疊著的紙，看它摺痕深深，紙已泛黃，不能憶起上面寫些什麼，忙打開來看。

那是兩頁粗糙的厚稿紙，紙上有潦草的字跡。使我記起，那是三十多年前，初抵臺灣時所使用的稿紙與筆痕。那是一篇未能完成的「心祭」，展讀下去——

「春來無多日，轉眼又清明！是十年了，年年的清明都必定到母親的墓前祭掃，但如今是關山萬里來到了隔海的臺島，不能親自到墓前，初旅居異地，甚麼用具都不全，沒有香爐與臘扦，幾盤水果，一束鮮花，在默念中就算是對慈母的敬意與懷祭吧！」

十年前的往事仍像是就在眼前，遺像前的那對白臘燭上的藍字「音容宛在，神氣長存」深深刺入我心。唉！人死了就是死了，甚麼也都化爲烏有。在那香煙繚繞中懸掛的遺容，雖然是與母親生前一樣，可是那僅是一張相罷了，它絕不會對妳呼喚一聲，或是說一句話。雖然那慈愛的呼喚聲仍熟習在耳際，那關懷的神情仍在眼前，但都成爲一片無聲的幻影，無法再眞實捉摸與感受了。

母親的一生都過的是操勞的日子，父親逝世較早，母親帶著我們兄妹姊弟四個人，操持這不富裕的家，家中事務雖有佣人幫忙，但也都需母親操持照顧。我小時是個不大愛做家事的人，母親常常教訓我：「女孩兒家，也不學學做針線、燒菜，就只是愛看書！」

現在想起，眞是悔恨，爲甚麼那時不好好學習也好幫助母親，讓她老人家可以少爲我們操勞一些。如今自己已爲人母，不學也需去做，不但洗衣煮飯菜做針線，甚至納鞋底，尙鞋……都自己做，可是這都是我自己的家事，再如何會做，也不是分擔母親的勞碌，無法彌補當年的任性無知，假如母親仍活著，看到我如今家事樣樣自己操作，甚至學會了連母親也不曾自己動手的活計，她老人家可能會非常欣慰的笑拍我的肩頭誇讚說：「好孩子，現在學得這麼能幹了！」

看罷這篇未完成的「心祭」，不覺想起當年由北平初抵臺灣恰逢淸明，那時臺灣才光復不久，市面仍是一片戰後殘敗蕭條荒凉的景象，加上舉目無親，人地生疏又言語不通，所以非常思念故土，正逢淸明節想到關山萬里不能親往母親墓前祭掃，所以用紙筆代替香燭，在內心默默致祭，以表達對母親的思懷，那時總想著不久兩三年後就可以回去，再親到墓前拜祭。

在來臺後的歲月中，最初與留在大陸上的親人還常通信，互相報告兩地各自的生活情況。三十八年初平津淪陷後，僅偶爾由香港轉來一星半點的消息，但都是旣不能證實而也不願它是事實的傳聞。其中彷彿聽說——母親墓地，那片葬有無數亡人的墓園，被中共政府徵用，墳墓都被迫遷了。聽此傳聞，當時我曾想，妹妹一家仍在北平，她可能會去料理一切。在那以後，就眞正訊息斷絕，再也沒聽到大陸上親人們的半點音訊。

歲月悠悠半個甲子過去了，離開北平時，我還是個青春少婦，如今已是邁入花甲之齡，而且移居海外，曾經時常暗思，此生可能無機會重返故土了，對生死未卜的親人也無緣再見，更不可能證實，母親墳墓遺骨是否被遷葬？或是親看一眼母親的遷葬之處。

年前意外有個機會回到朝暮思念的故鄉，但傷心的是親人故舊已不可能一一重晤，有的四散飄零有的已歸墓土。生老病死本是人生誰都必經之旅程，但令人傷慟的，他們有的並未到衰老之齡，並不是自然的走上老病之途，而是慘遭逼害受盡折磨，含寃飲恨而離開了人間。

能見到的仍活在人世間的，可說都是刼後餘生，衝闖過了浩刼的幸運者。親人意外重相見，更加重傷感悲痛，短暫的聚晤，都不想多提多問那些可怖歲月的悽慘遭遇，以免冲淡了重逢的喜悅。

親人含混的言語中透露，那片墓園土地確實已被徵用，早已蓋起了房舍屋宇。當年通知墓主家屬遷移時，妹夫已被莫須有的罪名關入了牢獄，妹妹和子女也都分散，派到天南地北去墾荒勞動生產。母親的墓地是被如何處理的，他們也不得而知。在那個時代，活人都個個自身難保，再加上「破四舊」的口號與倡行，誰敢過問祖墳存在不存在的事。

他們似是聽說，因爲當時無主遷移的佔大多數，就由政府統一處理，可能是都一起歸葬到荒郊去了。

問不出詳情，也不忍細思索究竟是怎麼個令人驚心的統一處理法，茫茫荒野，究竟又在何處？旅程緊迫，帶著傷慟失望的心，重與親人們悲切話別。

歸程路經廣州與堂弟見面，聽他說，大陸上有些墓地被徵用時，根本不將遺骨遷移，只是剷平了就在其上興建工程。他聽說母親的遺骨似是仍在原處地下。

這眞是意想不到的事，但，究竟那一種說法是事實？我當時眞是萬分後悔，爲甚麼在北平不去找那片舊墓園。如果堂弟說的對，那麼母親的遺骨不是仍埋在那片土地中？

我眞應該早點知道，當時無論如何也要找到那片墓園舊地，去親眼看看。但是，但是若眞去到了那片土地，我又將如何？跪伏在土地上嚎啕大哭？以發散久藏內心對母親的思念？還是望著在那片土地上興建的房屋樓舍發呆，對那不可能留有分毫舊面目的墓園印象窮及思索——母親的墳墓究竟應在那棟，那間房屋之下？無聲哀傷，默默流一陣無可奈何的眼淚，再踽踽蹣跚離去？

在後悔自責，及又不知誰是誰非說詞的悲慟下，只好自我安慰——母親的遺骨究竟在那裏的事不要再去痛苦思量吧！就讓她老人家長住我心頭，年年歲歲接受女兒的心祭，母女們往年的天倫之樂，永遠長埋在我的心底。

一九八一年清明寫於美國旅寓

胭脂

最初注意到大人們怎樣使用胭脂，那還是在六七歲，是個小姑娘的時候。看見母親、姑姑們在梳洗完畢往臉上擦了鵝蛋粉以後，用一片圓如燒餅大，薄薄的紅色絲棉片，往溫潤的唇上輕沾兩下，嘴唇就染上了紅艷的顏色。

鵝蛋粉是那年頭閨中婦女普遍使用的，形如鵝卵大小的固體香粉。粉質很細潤，搽在臉上不會顯得飄浮不勻。光復初期到臺灣時，還曾經看到市面上有這種硬塊式的新竹香粉出售。

至於那種紅色的胭脂片，是用一種名爲紅藍花的植物搾汁熬煉成紅色胭脂製成胭脂膏或胭脂水，或是浸染在紙或絲棉上製成胭脂紙或是胭脂棉，即成爲以往時代婦女們所愛使用的美容化妝品。

據說我國從殷紂時代就已懂得利用此種花，中華古今注上載有：「燕脂起自紂，以紅藍花汁凝作脂，產於燕地故名燕脂。」後又有臙脂、焉支等名稱，我國雖在幾千年前就懂得用胭脂等作化妝品，但經過那麼漫長的年代，在製作成品上卻不見有多少改變。直到民國二十年代，西方的化妝品傾銷到我國的時候，市面上才出現新式的胭脂棒，也就是現今稱之為「口紅」或是「唇膏」的玩藝兒。

那時正是我讀初中的年代，十三四歲的少女們也正是對化妝品開始感覺興趣的年齡。雖然學校規定不准搽胭脂塗口紅；但是少小女兒，好奇及稍帶些反抗的心，覺得若能獲有一支小巧的口紅，悄悄的塗在唇上，覺得是很有興趣的事。

在週末二三同學好友去逛當時北平最繁榮熱鬧的東安市場，在洋貨店的化妝品櫃檯間，看那些小巧新穎，樣式不同，一個個兩吋多長，藏在亮閃閃金屬殼套中的各式口紅，反復瀏覽觀賞品評，那時一支舶來品的歐美製口紅，需兩元左右；以當時每袋麵粉售價四塊多錢來比較，洋貨口紅的身價相當貴，似我們這些小女生，只有買國產品的能力，把幾天午飯省下來的錢，買一支售四五角的上海貨，也就心滿意足。在不上學的日子，悄悄對鏡描畫，自我欣賞，或是三兩個聚在一起，互相塗抹以為樂趣。

記得好友竹腴，那日在家中把嘴唇細心描紅，正頗為自得間，被她祖父看到。那位年過古稀的爺爺對這個調皮的長孫女一向甚是寵愛，看到孫女畫抹得有稜有角的紅菱小嘴，並沒有叱訓，只是搖搖頭說：「妳塗錯了吧？怎麼把上嘴唇也畫紅了？應該是只點一點下嘴唇嘛！」原來老爺爺對婦女描唇的藝術還是清末民初，老奶奶年輕時代的欣賞眼光，那時婦女在下唇畫上紅紅的一個圓點，以示櫻桃小口。

當時同班有個年紀較小但卻最醉心模仿新潮，假日外出，常把嘴唇塗得鮮紅，因爲她的嘴形較寬大，描紅後更明顯突出，被其他班的女生嘲笑，稱之爲「吃了死耗子啦！」意思是貓吃罷老鼠，帶著滿口鮮血也。但我們好友之間卻戲稱她「碧蒂杜芙」。因爲當時正是美國五彩歌舞片暢行，有位大嘴女明星、紅唇大口令人難忘，就把此星芳名轉贈給她。

一晃四五十年，如今棒狀口紅已是最普遍、最起碼的描唇化妝品。除此外，還有勾畫改善唇形的唇筆，加在口紅上層以增明艷光澤的唇油等等。單對口部就有那麼多的化妝手續。至於頰紅胭脂也是日新月新的有各種新品問市。

年前由美返臺，見到不少朋友，雖是分別已六七年，但見一些同輩花甲上下甚至古稀年紀的人，仍然都精神抖擻，風采依舊；個個衣著入時，眉舒神怡毫不顯老，似是人人都能青春永駐般，使我深感欣慰與羨慕。

那日與我友伊娃同出遊，見她雙頰近耳際處，各有一抹直豎的紅胭脂，我以爲那是什麼臺式的新化妝術，探詢之下，才知雖是新手法，但胭脂未能抹勻散，以致顯出怪像。她說新式塗胭脂是由左右耳際濃塗豎抹，然後向中央逐漸擦抹勻散。兩側深中央淺，可使臉型看著有西洋人的立體感，以補「平臉」之缺點。使我對現代的新化妝術增多一項見識。同時不禁憶及兩三年前返故都遇到的幾件事。

在故都，幾經輾轉才與不通音訊已三十餘年的昔日同窗好友取得連繫。當這個昔年曾是活潑調皮、最醉心新潮、愛把嘴唇塗的鮮紅的學妹，出現在眼前時，她那因爲飽受衝激苦難，明顯的憔悴衰老萎頓模樣，使我震驚激動，不覺相擁痛哭。雖然我仍深記她當年塗滿口紅後的得意神態，以及我們戲呼她「碧蒂杜芙」時的笑謔，但在眼前人的臉上身上，已是難以找到一絲記憶中的踪跡。

好友小鳳看到我送給她的禮物中有一支口紅，忙緊握在手，對我說：「到底是老朋友，這支口紅送到我心坎上了，我已經二三十年不見也不搽了。」當時就往嘴上塗了一些。然後說：「給我照一張彩色相片好不好！」

望著她那抹了口紅的嘴和一身擁腫寬大的藍布棉褲棉襖，看著很不調和。同時不禁暗自傷感，回想當年她那嬌嬈斯文清秀的樣子，經常穿著瀟洒飄逸的長旗袍、高跟鞋，平日用的化妝品都是一流的舶來品，怎能料到三十餘年不見，人的整個氣質都變了；當年本是高雅文靜、不大愛講話的千金小姐；如今卻是服裝粗拙、講話成篇、滿口政治術語、能說善道的老婦人。

她解釋自己的口才是磨練出來的，她說，過去調東派西，常改變生活環境、經常開會批鬥，如果不時懷警惕和練得口齒伶俐，怎能保護自己。

這倒是事實，那次大陸之行，的確發覺如今大陸上的同胞不論老少都是很有口才，連親友家昔年的老佣人，本是目不識丁的村婦，如今雖已是年逾古稀，但經過「掃盲」識字，和各種磨練，居然也能出口國事政治的蓋上幾句。

但不論怎樣壓制改變，到底未能抹殺人類愛美的天性，君不見，這一兩年來，由歸去旅人拍攝而傳出來的彩色照片上，不是可看出大陸上的同胞們，衣著上已有色彩出現，不再是一片墨藍。柳暗花明又是一番景象，胭脂口紅也點上了嘴唇與雙頰。雖然那可能是專爲拍張彩色照片留念時的傑作，但願她們能就此獲得自由，可以自由的保有那份愛美自娛的心境與現實。

一九八二初夏寫於田州

話有36個角

在女友淑芸家，遇到她的老同學王太太來她家作客。閒談間，說起在美國居住的生活情況。王太太有一子一女僑居此地，均已成家，步入社會工作，她因老伴去世，孤身一人住在國內非常寂寞，尤其是時時思念在國外居住的子女。所以兩年前移民來此與兒子媳婦同住，經常也到女兒家小住一陣。與兒子媳婦及女兒女婿相處得還算和順。

看來是位花甲年紀的王太太，頭髮略有點斑白，身體也還健康。講起話來輕聲緩語，像是位性格淳厚老實的人。因爲在女兒家受了委屈，所以到老友家來小住一兩日，投訴投訴，透透悶氣。

她因爲身體一向不錯，又很勤快；住在兒子或女兒家裏時，做飯的事，多半是她一手包辦。因爲看著子、媳、女、婿每天早出晚歸的上班工作，也很忙碌辛苦，而自己在家閒著無事，能幫著做些家事也可打發時間，何況自己也還做得動。所以她不論在兒子家或女兒家，當黃昏他們下班回到家中時，一進門就可嗅到佳肴飄香，碗筷已經擺好在桌上，不片刻就可以享用熱騰騰的飯菜了。

在王老太太初來的時候，子女們對下班回家就能享有可口的熱菜飯，很是感激與欣賞；但日子長久了，習成自然，也就毫不覺得這是老人家因爲心疼兒輩而自動操勞的成果，反變爲理所當然灑掃燒飯是閒在家中的老太太，應有的分內工作。而且食用間，還會挑三撿四的，使操作了半天的老人家，內心感到委屈與不愉快。

那日下午，老人家覺得乏倦，身體不大舒服，在牀上小睡一下，但一覺醒來已是黃昏。女婿回來，見廚房中毫無動靜，淸鍋冷灶，飯桌上也是空蕩蕩，不見碗箸。不由大聲笑對正從岳母臥房出來的妻子說：

「怎麼？妳老媽今天罷工啦！」

這句戲謔的話，說得實在不得體，使仍在房間中的老岳母聽了大爲氣憤與傷感。第二天就來到老同學淑芸家，訴委屈和發牢騷。認爲女婿太不能體諒，把一片好心爲下一代幫忙操作家事的老岳母，視作理應按時工作的佣人一般。

這位女婿，想必是位好作戲語的人；可是他卻未能想到，這句戲謔言語足以刺傷人的自尊心。

以王老太的心境來說——夫死，隻身遠來異邦依兒女生活，雖是住在親生子女之家，但終歸與自己的家不同，難免有「寄居」和不踏實感；常恐被人嫌棄或不被人敬重。聽到女婿這種雖是無心但也有欠對長輩尊重的謔語，怎能不感到委屈和氣憤。

俗說——和言藹語三多暖、冷語譏誚六月寒。又說——「話」有三十六個角、角角能傷人。但人們往往忽略了這點，常喜逞一時之快順口而言；但語出如風，傷了別人，想收回已遲。甚至有時，在無意中刺傷或得罪了別人，還不自知。若能在講話時注意到此點，不論在社會上在家庭中，人與人之間，即可減去不少意想不到的摩擦與不愉快。

養鳥在枝頭

住在美國小城市，因爲屋少人稀綠叢多，所以終日可聞鳥聲。在我們這個小地方，經常看到的小鳥兒就有許多種。最常見的是羽毛淺灰啄淡黃，有個長尾巴，樣子頗像鵲雀但比鵲雀略小的模仿鳥（MOCKING BIRD），還有披著一身火紅的羽毛，頭上有一撮羽冠的紅雀（CARDINAL），和一身翠藍色羽毛的藍玉鳥（BLUEBIRD）。

每當天才破曉，就聽到鳥雀的叫聲。晨曦中的鳥鳴不是婉轉的歌唱聲，而似是鳥噪。在紗窗上乍現曙光時，卽可聽到四周東一聲西一聲的「喳喳」，像是互相呼喚報曉，又像是對朦朧乍現的晨曦歡頌。

當朝陽乍昇起時，鳥兒的鳴叫已不是單音的「喳、喳」，而是有連續音節的聲調，同時也可看到各種鳥兒，在樹間飛越在草地上跳躍。

美麗的紅雀是最明顯引人注目的小鳥，不論牠飛過你的眼前或是停棲在枝頭，就如同一小團紅色的火光那麼耀眼，尤其是停在綠葉隱約間，就更顯得牠美麗奪目、紅得可愛。藍玉鳥，羽毛雖不如紅雀那麼耀目，但牠那一身翠藍的色調顯得很高雅，會使人連想到晶瑩的藍寶石。

最有趣的是灰羽黃嘴的模仿鳥，牠經常在清晨帶有露珠的草地上覓食，牠不是跳躍前進，而是邁著小碎步，那兩隻小腳走得極快，常會在你面前急步橫過，就像清晨做快步行走運動的人，急步而行，那情景看著非常有趣。

走在清晨的小路上，有時會從路邊草中突然飛起一隻小鳥兒，口中鳴叫著越過你的身旁，飛向樹叢中。而樹叢裏，也有鳥兒正在鳴叫，好像是一喚一答在唱：「來呀、來呀！」「來啦，來啦！」聽著這自然的鳴唱，不覺漾起了微笑。

大自然的領域是如此的遼闊，這些美麗的鳥兒，自由自在的生活在大自然之中，該是多麼的舒暢愉快。假如是被關在籠中飼養，雖然不會有飢渴之慮和風雨之災；但卽便是金籠玉盞的高貴圈養，水足穀豐的供飼，也無法與「自由」並提，誰能願意以豐衣足食來換取牢獄、失去自由的生活？

如為喜聽鳥歌唱，愛看鳥舞躍，倒不如任牠自由自在，生活在你四周，豈不更有逸趣！

舞孃情

光可鑑人的烏澤秀髮，蝶翼重重的曳地長裙，襯托著出水芙蓉般的面頰和輕盈甜美的淺笑，使人一睹即有如浸浴於和暖的春風。

只見玉手輕揮，一舉足一旋身，長裙旋甩出彩色的波濤；才一眨眼，那如春暖陽光般的明媚笑容，立化成一昂首一檯顎、轉變為冷漠嚴肅的面貌；明眸中，顯露出高不可攀的神態。

——是，突然憶起情郎的拂意失禮？而促起妳的幽怨薄嗔？一揮手一揚足一旋身，長裙飛飄中，轉面來又是一幅美目盼兮、巧笑倩兮，嬌艷委婉柔情萬種的模樣！

——是？暗示「你莫走，留伴春宵」？還是「我永遠等待你」？

忽爾冷艷嬌嗔，忽爾鎖眉幽怨，忽爾溫柔嬌媚似迎還拒……，隨輕揮的玉手、舞步輕盈的廻旋，彩色繽紛的長裙波濤旋轉中，妳那時喜時嗔瞬息千變的神情中，嫵媚嬌柔風情萬種的舞姿裏，使眾觀賞者不禁渾然忘我如醉如癡，溶入妳那多變的情緒中，隨着妳那喜悅嬌羞幽怨薄嗔的神情變化而神往，而擊節嘆賞！

一九八八耶誕寫於馬德里

接納

朋友慧文家中，有一位在她家裏工作了許多年的老佣人，孩子們才八九歲時，她就來幫佣。直到少爺小姐都大學畢業，她也因爲上了年紀，主要的是她自己的兒子也已能工作養家而且結婚生子，所以她才離去，回家幫帶孫兒。不過每逢年節或是慧文的生日，她都自動回來幫忙，住上幾天才走。

慧文的兒子步入社會工作，不久就結婚了，新婦是位嬌小可愛的麗人，翌年就做了媽媽，慧文也晉級做了祖母。但婆媳夫妻之間，因爲江南魯北，生活習性上的不同，尤其在三餐飲食的調配上，很難做到口味兩全其美。但一家四口中，兩歲的小孫兒不算，三個成年人中，當然是遷就多數的時候居多，何況其中一位是婆婆（長輩）一位是賺錢養家的男主人。

平時，與慧文相晤，閒話家常中，常聽到她以不滿的口氣述說兒媳婦的日常生活瑣事。

某日正是端節以後，慧文來小坐，說起她家老佣人回來幫包粽子。她順口稱讚說：「到底是多年的老工人，家裏誰的口味嗜好，她全摸得清。這兩天她幫忙買與做，全是我與兒子女兒喜歡吃的菜；女兒那天也回來娘家過節。」

「吃好飯，老佣人就把切好的西瓜，一份份送到每個人的面前，還催著我兒子與女兒，說是冰得又涼又甜，快吃吧！」

接著，又笑笑說：「兒媳婦吃完飯就回房間裏了，大家都沒喊她……」

聽她述說時的語氣和面有得色的神情，不由使我連想出當時的情景——可能是慧文母子兄妹有說有笑的品嚐老佣人做的可口佳肴，兒媳婦插不上嘴，而且桌上又全是不對口味的菜饌，所以默默的吃完就先起身離座到房間中去了。

假如她在房中繼續聽著她們娘兒三人的快樂談笑，和聽到老佣人端來西瓜，竟沒有一個人對房間中的她招呼一聲同來享用；連老佣人都沒把她放在心上視同不見一般。這作兒媳婦的內心是怎樣的感受？

作媳婦的雖然不是這個家庭中生和長，是半途中參加進來的人；但既然是歸入了這個家庭，這個家庭中的每一個人，就應熱誠的接納她，即使是因爲來自另一家庭，雙方生活習性有所不同，在誠意的接納與融入下，大家互相遷就些，使習性差距逐漸減小，使做兒媳婦的感到被接受融合爲一家人的欣慰，才能使整體的家庭有和樂歡愉的氣氛與生活。

以父母爲家庭重心的家庭，做長輩的應和善誠懇的接納下一代的伴侶，尤其做母親的，絕不要有反常心理，妬忌兒與媳的恩愛和好。

相對的來說，如今在海外的華人家庭，十之八九是以第二代爲重心，上一代的遽然由國內來參加與下一代共同生活；因爲原是分居兩地，生活習慣可能略有不同，兩代間難免有格格不入處。若雙方都能不固持己見，互相遷就容忍些；使上一代的老人能感到被下一代接納，才能有安逸和愉快的心情定居。作主婦的，對於丈夫與上一代親情間的慈孝理應高興，因爲那正是他日自己子女倣傚的好榜樣。作長輩的最好常思及「不癡不聾不作家翁」的古訓；使整體的家庭常充滿和樂愉快的氣氛。如此生活才有意義，而不是一家人經常生活在痛苦中。

寫於加州

勇敢的女兵

——謝冰瑩大姊

提到「女兵」就會聯想到寫過《從軍日記》、《女兵自傳》等等，著作等身的謝冰瑩大姐。二十多年前，在臺灣婦女寫作協會初識這位著名的女作家；印象中，她是位毫不自傲和藹可親的人。

那時，因爲大家各自都有工作，都很忙碌；僅是每月有一次聚會。在僅一兩小時的餐聚中，因爲人數多，大家寒暄外，互相談不上幾句話。

隨後，我家遷居高雄，在離開臺北前的一次聚會中，她暗暗遞給我一個信封，囑咐回去才拆。回去拆開一看，是一把可以折合的精巧小剪刀，並附了一張小卡，寫着「剪不斷，是離情。」使我感動萬分。因爲在我的感覺裏，與這位成名已久的名作家，會面不過十數次，每次不過互相寒暄數語，平時並無來往，似我這等無名小輩，她是否留有印象？均不得知。絕想不到在離別前夕，她會有如此的情意，怎不令人感動。

此後一別數年，僅是在報上的文教消息中，得知她已退休。隨後又獲知，她在去美探望兒女的途中船上，不愼摔斷大腿骨，入院手術及往夏威夷等地療養，與逐漸復元等等。雖然後來我也移居美國，但因不知她住在那一州，所以一直沒有聯繫。

巧的是某日在舊金山唐人街，兩人意外相逢，他鄉遇舊友眞是欣喜萬分，此後即時常通信，偶爾也會會面。

每次見面都是有說不完的話，「時短話長」不得不依依離去。幾年以來，得知她十年前手術時，裝置的不銹鋼右大腿骨，因爲年久而不吻合，時常疼痛，每次發痛都需服止痛藥，而且步行時也蹣跚不便，必需拄杖慢行。略走多路就會痛，必需坐下休息。這種情形有日漸日甚的趨勢。同時她的眼光也因淚腺不暢，不時流淚，看多了書或多寫字就會脹痛。

她本是生龍活虎般，喜好活動更愛閱讀與寫作的人。腿與眼的毛病給她許多煩擾。可是她卻不向煩擾低頭，一面以藥物止痛，一面常做保健的體力運動，以抗疾痛。

我能理會和了解她的疼痛與不便，但從未見她有過愁眉苦臉之態。與她上街同行時，常感覺到步履遲緩中，她是在強忍耐著，常聽她平和的說：「我的腿又在痛了，不過我還可以忍耐，不要緊，忍一忍，等下吃粒藥就會好些。」

今年五月裏，她決定聽從專科醫生的診斷，再做一次換骨的大手術，把原來的不銹鋼腿骨取出，改裝置新式的塑膠製的大腿骨。聽到這個消息，不免惴惴不安，因爲她已是早過古稀，接近八十的老年人，要去接受這種大手術，手術時與手術後的痛苦先不說，在身體上是否能受得住？而手術後需多久才能復元？復元後在行動上是否能好轉？都令人疑慮。

一般像這麼高齡的人，多半都不敢再接受大手術，可是冰瑩姐卻勇敢的毅然接受了對換骨的挑戰，以如此高齡，去接受再一次的開刀手術，在右大腿上割開長十七英寸的刀口，取出與換裝一根新的人造腿骨。手術足足用了四小時，聽來都令人膽怯心驚。手術經過順利良好。在醫院療養了一陣，醫生教她下床試步與回家休養，每週由女護士來家中兩次，作追蹤護理。

那天，在她回家後的兩週，我特由匹諾去舊金山看望她。想著她一定是靜靜的躺在床上休養。不料卻見她是坐在床沿，頭髮溼淋淋的，說是才由護士教導與協助，作手術後的第一次沐浴。我一面用梳子爲她梳理頭髮，一面和她談話。見她精神飽滿容光煥發，一點也不像才動過大手術不久的人。神態上言語中，談笑自若一如往常，毫無萎弱和不勝痛楚的形容。使我深爲敬佩她的堅強個性，與疾病痛楚擊不倒的毅力。

床邊放著個爲習步用的四腳扶架，她每天需練習步行兩三次，每次十來分鐘。但是好強與性急的她，恨不得快快恢復自由行走的能力，常不按規定而多活動。賈先生爲使這個性急的妻子，不致過分活動而有礙傷口及內部復元，特寫出了「十戒」貼在她的床頭，要她時時注意。看看那張白紙上筆畫端正工整的楷書，和聽了賈先生的笑話訴說：

「她太不聽話，總要我事事都提醒她制止她……睡下時規定只能仰臥，兩腿之間還需放個軟枕頭以隔離兩腿……我不放心，一夜起來幾次看看，怕她睡態不對而妨礙復元，她卻說我囉嗦，吵了她睡覺，妳看看她多不講理……」

謝大姐也笑著認錯道歉，使人覺得這間小公寓中充滿了和樂。

雖然謝大姐仍在療養習步中，需再一兩個月才能不杖而行。但仍然時時「避過了老頭的監視管制」（這是學她的口吻），為即將出版的幾本新書而偷偷忙碌。在人生的舞臺上，她眞是一位令人欽佩的勇敢的女兵。

一九八三寫於加州匹諾

隔代情

冬至那天，晚飯後與家人圍桌閒話，想給生長在異邦的孫兒女灌輸些有關我們中華民族冬至節令的習俗瑣事。

我講給孫兒女聽：「冬至餛飩、夏至麵」在我國北方習俗上，到了冬至這一天家家都包餛飩吃，來慶賀冬至節，到了夏至這一天則家家吃麵條來做應節的點綴。但在我國南方一些地方在冬至這一天，家家都做許多糯米粉的湯圓，吃甜湯圓來賀冬至節；而各地都有「冬至大於年」的說法。是說冬至這一天比陰曆過年還重要，家家都殺鷄宰豬上供拜祖先敬天地眾神來慶賀佳節。

因爲在整個一年中，冬至這一天的白天最短夜最長；過了冬至，白天又一點點的加長，黑夜一點點的縮短；使人有欣欣向榮的喜悅。習俗上形容過了冬至，太陽每天照在地面上的時間加長一根線的長度。

在從前的時候，大家穿的衣服鞋襪都是由自己家裏人縫製的。那時候，每年到了冬天，家裏那些年輕的婦女——做女兒、孫女孫媳、兒媳婦的人，更是每天忙著做針線活兒，預備到冬至這一天，把這些親手縫製的衣服鞋襪獻給家裏的長輩，例如祖父母、父母、伯父叔父、伯母嬸嬸等，以表示做晚輩的孝心，祝賀長輩身體健康添福添壽等，就像過了冬至以後的太陽一樣，愈來愈健旺。

對孫兒女講這些習俗，不過是想讓身爲 A. B. C.（America Born Chinese）的孫輩，增多一些中國民俗的知識和了解中國傳統的孝道。正說到此，坐在對面聆聽的孫女兒，立刻笑嘻嘻的說：「等一等，我也有……」正不知她弄甚麼名堂，見她轉身去到隔壁房間回來時，把緊握著拳的右手伸向我面前，隨手張開時像變魔術一樣，嘴裏唱聲：「得朗！」但見兩粒綠錫箔紙包的巧克力糖，隨聲落在桌面上。她笑著說：

「這比衣服鞋襪還甜蜜，也是我親手做的！」看她那天眞俏皮可愛的笑容，不由我心花怒放，同時更爲她「現聆卽傚」的機智感到欣慰。這些巧克力糖正是她昨天自己做的，爲了明天她過十四歲生日，帶到學校分贈同班好友。

我曾教他們兄妹，外出時和回來時，都應對我說一聲，免得我掛記。每到下午三點左右，我午睡乍醒還賴在床上時，經常先聽到樓下門響，然後是甩鞋子丟書籍的聲音，接著一路喊上樓來：「婆婆我回來啦——」衝進房來就撲向床上，在奶奶的臉上亂親一下，然後就翻身四肢朝天的仰在我身旁，拿起遙控器對著電視「嗶嗶巴巴」的亂撿選一番，邊嘴手眼並用的邊回答我的問話邊觀看螢幕。看不到幾分鐘又各自蹦蹦跳跳的跑到樓下玩去了。

才讀九、十年級的學生，已是課外節目一大堆，經常有學琴、學畫、吹奏樂器練習，參加樂隊，球賽時隨隊到球場吹奏等等。我記不清他倆每週的課外活動節目與時間，所以每天都要查問一番，才能了解他們每天外出歸來的時間，以免掛念。

有時球賽完畢後又團體去吃消夜，回到家已是夜裏十一二點，我已熄燈就寢。睡夢中聽不到門與停車聲，但朦朧中感覺到房門被推開，然後有人摸向床邊來，黑暗中但聽孫女的調皮聲：「頭在哪裏？臉在哪裏？……」邊說邊摸索沒頭沒腦的亂親一陣，然後說：「我回來啦！我們今天……」如何如何的摘要報導幾句，又摸黑向外走，嘴裏還頑皮的像哄小娃娃般柔聲的說：「Good Night！好好睡覺啊！」幸好我不致被吵醒就再也睡不著，不然，就要被擾得患失眠了。好在這種情形每一兩個月才有一次，我也就不去阻止她，免得阻礙了祖孫之情。

比孫女兒大一歲的孫兒小華，個性比較內向，不似妹妹凡事都表現得瀟灑自如。記得七八年前，我初來美國隨子女定居，恰過春節，我們全家在外面遊玩一日歸來後，我已回房上床休息，但見孫兒輕輕推門進來，低聲對我說：

「婆婆花了很多錢，又給我壓歲錢，我這裏也給婆婆一個；」他邊說邊把隱在背後的左手伸出來，我一看他手掌中的正是我白天給他的紅包。我以為他是原封又退回給我，但接到手中感覺到有點不同，急於拆開時，裏面端端正正的包了一個兩角五分的硬幣。不由得開心的大笑；可是孫兒卻顯出有點難為情，腼腼腆腆的說：

「因爲我沒有太多的錢，所以只給婆婆一個夻特！」

看他那才及桌子高的身量，僅五六歲的小孩子，就懂得如此體恤祖母，怕老人家花太多的錢。他以爲我會笑他包的錢太少，其實這兩角五分在我的心目中是個天文數字，它包含了無價的親情和無限的愛意，我視它如珍寶般，一直珍藏著。

在親情習性的方面來說，我似屬於較保守和比較嚴肅不善表達熱切親愛的一類。當子女年歲日長讀中學以後，也就都不像幼小時那樣終朝圍身旁嬉笑無忌了。但在海外生長的幾個孫輩，也許是當地習性的關係，雖然如今都已是高中的年齡，身量高過了我，但在祖母的面前仍如同小娃兒般又親又膩的非常熱絡，我這爲祖母的在孫兒女前也不像在子女面前，從來也嚴肅不起來，甚至有返老還童般祖孫同唱同遊樂無涯的陶醉其中。

一九八四冬寫於匹諾

五角一餐

去夏，曾往紐約探望兄嫂小住了數週。某日我與家兄到距家不遠的市立圖書館去閱報與借書。在那裏遇到一位好搭訕的美國白人老太，她看起來六十多歲身體甚是健壯。她介紹說，在這條街附近的某街上，有一處供應年老市民午餐的機構，她時常去該處午餐；每份只需五角錢，所供應的食品質與量都還不錯，建議我們不妨前往一試。

家兄雖是久居美國，但很少參與吃「老人餐」。我居美國年月比他淺得多，而且一向住在小城，也無機緣參與這種只有大城市才有的老人福利設施。在好奇心理下，即攛掇著家兄一同前往一探究竟。心想，紐約百物昂貴，五角錢僅能買一個小小的麵包或是打兩次公用電話。而現在居然有以五角錢的代價就能享受一頓正式午餐，眞廉得透頂，倒要去看看是甚麼樣的場合與供應些甚麼食物。紐約地方雜亂，沒去過的地方不敢獨自亂闖，現有個大男人做伴可放心得多。

按白人老太說的地址，左彎右轉的終於找到了這座建築，原來是附屬於一座教堂，它的名稱是「Older Adults Luncheon Club」。當時是上午十點多，午餐還未開始供應，我們在管理員的櫃臺前，登記了姓名住址電話等，兩人各領到了一張做證件用的小卡片。管理員善意的讓我們參觀一下他們的大廚房。

但見四五個著白工作服戴白帽的黑人男女廚員，正在電氣化設備的廚房中忙來忙去。他們看到進來兩個東方男女，都和善的微笑打招呼。看看廚房四處環境予人有整潔的印象，卽想一試滋味如何。但中午十二點半才開飯，我們需要等兩小時；於是決意明天中午再來嘗試。

第二天，近中午時分，兄妹二人再來到這個教堂隔壁的餐廳，驗看登記證，登記了姓名、每人繳了兩個「夸特」，就進入餐廳。

長方形的餐廳中擺有約十張餐桌，每桌可坐八到十個人。因爲兩邊無窗，所以光線不甚明亮。我放眼一望，各桌上黑壓壓的已有四五十人，而且竟全是黑人老弱男女。我兄妹二人不免互望一眼，但已走進來，不便立卽轉身退出。選個座位坐定，暗希望也來些白人或黃人，但直到座滿，卻是百分之九十八黑人，百分之二黃人——那就是我們兩兄妹。家兄不由低聲對我說：「幸虧妳嫂嫂沒來，不然我要挨駡了。」

當天的每份全餐有鮮奶一小盒、熱紅茶一杯、方麵包一片（附牛油一小塊），主食是烤魚一片附煮蕓豆和雪菜共一盤，尾食是果凍一杯。

如果在一般飲食店，五角錢可能只够買一杯果凍。現在卻能吃到這許多種東西，而且是含有足够的營養。據說凡遇吃「鷄」或「牛肉」的日子必定爆滿，吃魚吃肝的日子則人較少。

美國各較大城市都有這類爲老人福利而設的「供應老人餐」的地方，凡年到六十二以上的居民就有資格前往享用。至於環境設施和所供應的內容，則視城市地方及所需的不同，也有區別。例如在紐約或加州的舊金山、奧克蘭、柏克萊及洛杉磯等華人居民多的地方，有專供應華式（中國飯菜）的老人餐，每份有需七角五分或一元美金不等（均只供應午餐）。對居住海外的華人可說十分方便，尤其是獨自生活的老年人，可省去不少操作烹調之勞。

寫於加州

等路

出外的人返家時，爲家人親友帶回一些吃食或是日常使用的小物品，在粵東家鄉稱之爲「等路」，這眞是個很文雅的詞彙。試想，肩擔著行李走在鄉村小路上的歸人，遠遠望見在家屋前禾坪上操作的妻子和正在互相追逐戲耍的小兒女，該是多麼高興；妻小見到出外歸來的親人更是興奮歡愉。

在昔時交通不便，外出經商或是供職的人，偶一返家，從大城市爲父母帶回些新穎的吃食，爲妻子帶回一段花布，爲兒女帶回些糖菓，帶著濃厚情意的「等路」，使付予與收受的雙方都感到歡樂。

如今水陸空交通便利，人們來往頻繁，在一來一往間，也都有帶些「等路」餽贈親友的習慣，但如今不比從前，一般人生活水準普遍提高，日用物品的生產與供應都很豐盛，不要說國內的城市與城市之間百貨供應都沒有太大的差別，就是國內與國外的水準也差不了甚多，國外有的東西，國內也多半都有，在人情來往送購小禮物時就是一件傷腦筋的事。

前一陣子，海外遊子歸國多半購化粧品帶回去贈送親友，似是甚受歡迎。可是那天偶閱國內寄來的報，看到有一篇說是化粧品成災的文章。才發覺這一類物品也不是最恰當的「等路」了。因爲回國的人，大家都以它爲目標，收受人就有成災之患了。同時也想到，海外遊子們的廚中櫃內，也常有茶葉過盛之嘆。因爲茶葉是消費量很小的物品，由國內往來的眾親友的盛情餽贈下難免有堆積過剩現象。

我覺得人情來往，長久不見偶一探訪時，爲親友家人帶一些小禮物是很好的習俗，可使雙方的情意永駐。但在選贈品時要有技巧，必需細慮週詳，應在所費不多的原則下，選到對對方適用的小物件或是可當紀念的小物品。如此不致使受贈者感到欠情的不安，及能從選贈的小禮品上感到贈者的細心關懷之情，就是一份最有意義的「等路」。

李老太的狡兔經

李老太——其實也不能算老，才到花甲的年齡，而且身輕體健，走起路、做起家事來手腳靈敏得很。以前也是位職業婦女，因爲老伴退休，二人卽同來到國外探望子女，過「依親生活」。這家住住那家停停，以享天倫之樂。因爲子女們都已結婚成家立業，都有了另一半，她的稱謂自然也就升級而成爲「老太太」了。

李老太是位精明幹練的人，來到在國外成家的兒子女兒各自的家，看看下一代們的生活方式，總覺有好些地方看不慣。以她勤快好動的性格，常願意把自己看著不妥的事件，幫他們弄好；就如同過去，子女還跟在自己身邊的時候一樣。

但是她忽略了，子女已經長大到成家立業，離開了原有的家庭——父母之家，已好多年。現在身在異國的環境中而且已結婚，這個家中已有了另外的一半，一切生活習性不一定仍然完全與孩提時，與以往在家中依父母生活時的習性相同。

那天，李老太太向自己老伴抱怨：「我好心好意把桌子的位置移動一下，使客廳的空間可顯得較寬敞，看著也較順眼，可是兒媳婦回來，又把它移回去了！」

某次在女兒家，李老太滿心高興的做了兩樣她的拿手菜，是女兒在家時最愛吃的菜，希望女兒下班回來驚喜一下。

但在飯桌上，並沒有得到預期的驚喜與共鳴。事後女兒說：「媽以後菜裏別放太多辣的，他不能吃辣！」原來李老太忘了女婿是江浙人，與自家四川人的口味不同。

來到國外，在子女各家輪流住了一陣，使李老太感覺到，子女的家，因爲環境不同，而各自有各自的生活方式。兒子與女兒，在他們各自的家庭中，只是佔半個地位——兒子與兒媳或女兒與女婿，兩個來自不同家庭的人，組合起來創立一個另外的新家庭。兒子或女兒的家庭，誰也不能成爲父母家庭的翻版。如果做公公婆婆的，或是做岳父岳母的，懷有「一視如舊」、事事依順的心情，來與子或女相處或來依子女生活，那一定會發現不似所期望的，而產生不悅不愉快也就是「不順心」。

但，如果能把自家看成一株老樹，子、女各是一株分植的新樹苗，因水土灌溉的不同，成長的形勢自然也不能相同。他們有他們自己的枝榦和如何追求對自己更佳的陽光以利於茁壯。

做父母對已成家立業的子女，不應當他們仍是屬於自己的孩提而忽視了他們已經成長已經有了自己的家與事業。而宜「尊重」他們的「成長」與他們的「自主權力」。

自從「輪流搭伙」（這是李老太夫婦在異邦過「依親生活」，長年在子女各家間駐足往返，而自嘲的戲謔形容），李老太由「不順心」的感覺而逐漸悟出，似以上所說的一番道理以後。李老太的老伴，已很少再聽到李老太的抱怨，不但耳根清靜了很多，而且全家中，每個人經常笑容可掬的容顏與氣氛，使他深感愉悅安然。

寫於加州

貓食狗食與人食

貓、狗是美國人的家庭寵物，有孩子的家庭，常因爲孩子的要求而飼養一隻小貓或小狗，做孩子的玩伴。沒有孩子的家庭，也常喜歡飼隻貓或是養隻狗，來承歡膝下。而獨身的青年男女，或是單身的老人，也往往喜歡飼養一隻貓或狗來做伴，以增添家中的生動氣，人與寵物間的廝守與情感，可驅除家屋中的沉寂與孤單。

在美國，家庭中飼養貓狗的情形既是很普遍，而在一般超級市場或食品雜貨店中，也普遍都有「貓食（Cat Food）狗食（Dog Food）」供應。

初來美國作客時，看到各超級市場中，竟設有專門供應貓狗食品的部門，整排的貨架上，擺滿了大包小包，分量不同，品種各異，如同麵粉袋包裝的貓食與狗食。看見那些袋面上色彩繽紛、圖案繪得動人、廣告說得營養成分洋洋大觀的貓食狗食，不禁好奇，同時也不由覺得在美國生長的貓狗，都能享有這麼講究的人造合成食品，眞是牠們的福分。想到在國內時飼養的貓與狗，那裏有專門製造的合成食物供應，還不都是吃人類吃剩下的殘羹剩飯；較講究的也不過是爲狗添些筋肋雜碎牛肉煮的湯，爲貓添些魚腥拌飯而已。

但是等到看見此地的貓狗，就著牠們的食皿進食時，就不免另有感觸了。看那貓食或狗食盆中，滿盆黃澄澄或赭褐褐，有的形如棋子、有的形如桂圓，這些形既不悅目味亦不引人，有如小硬泥球般的東西，就是牠們日日賴以果腹的食物，不免又爲此地的貓狗叫屈；覺得這些合成食物，實在遠不如人類的殘羹剩飯，雖是剩物，但究竟仍保有它的可口滋味。

如果對住在國內的人說，在美國飼養的貓犬，有許多是不懂得吃正常食物。聽的人一定會感到驚奇。

最初發現這種情形，是在一位朋友家，他們飼養了一隻雪白的小獅子狗（卽北京狗，俗稱哈巴狗，毛長如獅故又稱獅子狗），披著雪白的毛，露著烏黑晶亮的一雙眼睛，十分伶俐可愛。女主人曾說：「牠只懂得吃狗食，不懂得吃肉。」

當時聽了也未在意，以爲女主人是故意講笑話。內心暗自以爲「狗怎麼可能不懂得吃肉」？

在吃飯的時候，不覺暗投了一片涮熟的瘦肉片，給正在飯桌下穿梭嬉戲的小巴狗。見牠銜了就跑向客廳屋角，我想，牠是躲到沙發後面去大嚼了。

那知，到一餐飯吃罷，準備坐到沙發上飲茶的時候；竟發現那隻小巴狗嘴裏仍刁著那片肉，像貓兒擺弄老鼠般，口爪並用的在地毯上銜弄著玩耍。使我嚇得幾乎驚叫，深怕自己已經闖了禍；因爲方才吃飯時，似曾瞥見小巴狗在客廳的沙發上，跳上跳下的玩耍；當時還自以爲牠是嘗到新鮮美味而撒歡，如今見牠仍銜著一球肉，深擔心已弄油汙了主人華麗的錦緞沙發，趕忙細觀察，幸好沒有汙跡，才放開了萬分歉疚的心。

前些時，孩子們抱回來一隻小黃貓，說是三四天來，都見牠在左近徬徨，向人喵喵的哀叫，像是失去主人很饑餓的樣子，所以孩子們抱牠回來餵養，高興的找食物給牠吃。但牠只懂得啜些牛奶，其他的食物都不吃；只好去買了一包「貓食」。想不到牠對如羊屎般的小硬粒貓食卻吃得很順口。

飼養了一陣子，發現牠對用模型刻製的小魚形或五角星魚形的，嚼起來卡崩有聲的，脆硬小顆貓食，吃得津津有味，對眞正的魚反而不値一顧般的毫不沾脣。試著用肉食餵牠，牠只懂得吃淡而無味的火雞，夾三明治的薄火雞片，撕碎了餵牠，牠能片刻吃光；但香噴噴的薰腸、洋火腿，或是其他的美味食物，卻只是嗅嗅就離去，一口也不吃。這大概是牠從有生以來就吃慣了人造的合成貓食，對色香味俱佳的人類食品反而不懂得欣賞。

前些時，在此地報上讀到一篇談論「貓狗食」問題的文章。文中說——飼養貓狗，最好是給予人類飯桌上的食物，少用特製的合成飼料。因爲這些「貓食狗食」，雖然包裝上說得品質如何優良富有營養；實際多半是利用廢棄的原料造成，營養多半不合標準；而且爲了色調悅目，常大量摻入色素，以致有損被飼物的健康。所以愛惜寵物的人，應儘少飼予合成飼料，多用正常的食物來餵飼牠們。

把飼養寵物的食料改成用機械大批製造，使飼主可以省時省事，按道理說，是進步的現象。記得多年前，曾在某些影片中看到有關未來人類的食物；預測將來人類的食物會進步成機械化，所有的食物都製成藥丸式，蓄置於機器中，依機上註明的品名去按鈕，機器就可吐出該項食品。

我想假如眞有那麼一日，那麼在各超級市場中除「貓食」「狗食」的部門外，還會另設一門「人食（Human Food）」部門；人類要想吃那一種食品，只需投錢、按鈕就可以得到。不過，若眞是進步到這等地步——不必採購、烹調就可以吃到口，但各類食品的外形卻一律是相同的一顆「食物丸」，那又有什麼意味？尤其是咱們中國食物，最講究色香味，不但食品菜饌種類多，又因爲幅員遼闊，各地風味有所不同，又怎可能用一顆「食物丸」來顯示他各自的獨特風味，和獲得以目觀賞動人食慾的感受？

到那時，人類豈不也如同現在的美國寵物般，所吃的食物談不到色香味的觀感，與吃「貓食狗食」一樣，只是爲塡飽肚子補充營養而已！若眞如此，那我情願做個現代的人，還可以隨時的享受一下，我國川湘的辛香、閩粵的醇腴、淮揚的鮮爽……甚至世界各地的不同風味，以償吃的藝術與風趣，而不是聊以充饑的塡足胃囊啊！

一九八三初夏于加州

祖孫情

第一次看見你，是在臺北松山機場。當時你才八九個月大小，抱在你爸爸懷中，身後跟著腹部略現隆起的媽媽。你那因出痲疹後才復元不久的瘦小身軀，在你爸懷中毫不懼生，清澈的雙眼，笑盈盈的對著陌生的環境與人羣張望。

祖父急不待的從你爸手中把你接抱過來，手撫摸著你背脊、無限愛憐地說：「怎麼這樣瘦，讓公公婆婆好好餵餵你，多長些肉！」

你是家中清靜了將近二十年，第一個再出現的幼兒，使祖父母如獲至寶般的鍾愛。暑假一個多月的假期很快即將過去，想到你們回去美國，不久，你媽媽即要生產。那時，你不過才十四個月；你爸需上班工作，你媽媽怎能有精神體力同時照顧兩個幼小者，一個新出生一個才在初學步。每想到你媽媽的勞累，每想到你回去後可能有的境遇，常使我終夜輾轉難眠。每看到與你差不多大的幼兒，因父母忙碌無暇照顧任他哭得淚涕滿臉的可憐模樣，就不由連想到你不久也可能會有如此模樣，而令我心痛。因此決意把你留在臺北，為你媽媽分勞。你爸媽久久未能決定是捨不得把你留下。你祖父疼愛你更甚於我，但卻私下對我說：「妳自己每天那麼忙，需上班，又有那麼多需按期寫的稿子。女傭又在鬧情緒，萬一辭工不作，妳怎麼應付得了？何況妳也不是二三十歲的時代，帶個還吃奶的幼兒，體力能承受嗎？」但我終於是決心承下這個擔子，把你留在臺灣。

臨行時，你爸媽摸著你的小臉說：「小羊，再見！」（因爲你的生肖是羊，故乳名爲小羊。）臨別在即，幼小的你一無所知，仍像每次你爸媽出門上街，留你在家一樣，你笑嘻嘻地向他倆揮擺著小手。你爸媽一再撫摸你的小臉說再見，倒是一旁的我，淚流滿面；是爲幼小無知的你，不懂母子分別在即，而爲你傷心流涕啊！

在臺北的一年多時間，你由蹣跚學步到牙牙學語，雖然給祖父母增添無限勞心勞力，尤其是遇到偶有小恙時，就更增添了擔憂與焦慮；同時也感覺出，撫育孫兒女與撫育兒女略有不同，對孫兒女除似對子女一般的眷愛，但在愛的成份中，還略增添了些許沉迷的愛。而在責任方面也增添了一些壓力。因爲萬一有些差錯，對他的父母，也就是對自己的子女，難以交代。除此外，一年間，也使原僅剩二老的家庭，增添了無限歡愉，使祖孫間親暱的同享天倫之樂。

回憶你留在臺北的那段時間，生活眞是十分緊湊，好像一分一秒也不能浪費。每天早上招呼祖父上班和照顧你早點，交代女傭，你當天的生活程序；十點左右卽需去報社上班。由發稿到改正「大樣、清樣」版面上的錯字，及析分整理作者們投來的文稿，已是過了下午一點。返家匆匆午飯，哄你睡午覺！然後開始爲定期的刊物和報紙寫各類實用稿。晚飯前後祖父母含飴弄孫哄你玩耍，是一天中最歡樂的時間。

哄你睡覺，是件麻煩的工作。爺爺睡前臥房我帶著你睡後臥房。你經常是在大床上翻滾嬉戲不肯安歇。有時不得不把燈關熄。在漆黑中，你先是吃吃的笑，跟著滿床東拂西摸；我盡力蜷縮著躲往床角不聲不響，當你不期摸觸到我的腳時，即高聲歡笑，跟著爬上身來摸頭摸臉的笑鬧一番。哄得你安睡往往已是十時左右。才開始工作，修改爲明天發排的文稿。午夜熄燈就枕，並不能安然就睡，必須思索策劃明天需發排的正在連載的自著文章。整篇有了眉目輪廓才得安然入睡。第二天上班前需把它抄寫下來，帶去報社。

上班前，還需先到菜場採買三餐所需，由菜販代送回家。自從家中多添了一個週歲左右的幼小者，準備飲食上需多費許多周章。你像你爸小時，是個不喜歡吃東西的孩子，每次餵那坐在高腳椅上的你，吃一餐，費時費事更需有耐心。湯匙常隨著你那左推右轉不愛張口的小腦袋轉。雖然你使祖父母增加許多勞累，但你使家中增添的歡笑天倫之樂，卻遠勝過對你付出的心血與勞力。

這十多年來，你已由一個初學步學語的幼兒，長成一個壯實俊秀的青年，當你以名列前茅優等生高中畢業，因我遠居加州，沒能去田州參加你畢業典禮；在暑期中你與爸媽和妹妹來看望我，特帶來典禮的錄影帶和你的畢業禮服，爲的是給婆觀看和跟婆婆合影留念。

在沖印出的相片中，看到一張，一高一矮兩個人的背影，使我記起那是暑假中與你們及姑姑往遊優山美地國家公園，下山坡的小路上，被姑姑在背後拍攝的。當時你正挽著我往下走，你說：「這裏不好走，婆，我攙著妳。」你自動的要陪我下坡，還半玩笑的說：「我會站在洗手間門外保護妳，不讓壞人來搶妳皮包！」

同時又連想起四五年前，你與爸送我到機場，下車後，我與你先往裏面走，你爸去停車。我發現大衣忘在車後座上。叫你趕快追上去，找到你爸一塊拿到登機室來。萬一他沒注意到，不曾爲我拿進來，再去取來，就趕不上飛機了。但你卻堅持要先陪我到登機室。我明白你的心意，笑問：「是不是怕婆婆找不到「Gate X」走丟了，上不了飛機？」你微笑的點著頭。當時你才是個初中生，身量也沒現在這麼高，而就懂得反過來關懷照顧祖母，使我內心深感欣慰。

關於這一點，你頗像你爸，你爸自小就懂得關懷照顧我。一同外出時，他會想到衣服的厚薄是否適當；同走在街上時，他常警醒我「媽別走那麼快，當心摔跤」。夜晚見我房中仍有燈光，會敲門進來催我早點睡，別累壞眼睛。而你爸這種孝親習性又頗似你的公公，也就是你的祖父。公公對婆太——你曾祖母，母子間非常親暱和順，時受鄰里間的稱讚。但公公並沒有教導你爸——應如何如何孝順，而你爸也沒教過你。也許是由耳濡目染的緣故吧？自幼處於老幼和祥的親情環境中，由自然而形成的習性。

每當我獨觀電視的晚間，似睡意朦朧中，突響的鈴聲，拿起耳機，聽到由遙遠的喬州傳來的熟悉而又親切的：「婆婆！妳好不好！……」不由睡意全消、精神一振，那柔和的問候語聲一如你幼小的時候。難怪你爸曾好奇的說過：「為甚麼小羊一見到婆婆，人就像變小了，像個小小孩子一樣了！」你身量雖已高過婆婆許多，已是讀大學了，但在婆的眼裏心中，你還是個，仍像在臺北跟婆婆同住時的，可愛的小娃娃一樣啊！

一九八七寫於加州

機場一幕

去年夏天由華府搭機到加州舊金山，中途在明尼蘇達州的M城換機，需坐候一小時餘才銜接上轉往舊金山的飛機。在M城下機走過長廊來到換機的候機室的時候，看到有許多洋人男女老幼，有的坐有的站有的閒步，而一些兒童則在人羣中穿梭追逐嬉戲；使這節候機廳廊，顯得很熙攘熱鬧。

這種情形與平時有些不同，因爲美國幅員遼濶，乘飛機來往已是很普通的客運交通；除非是在東西岸港口的國際機場，一般的內陸國內機場，平時人來人往匆匆，已很少見有大批的送往迎來的客套，而今天在此處看到的這些熙攘人羣，都不像是欲登機的旅客，因爲大多數人，都未攜帶著隨身行囊提包。

我正猜不透這麼多男女老幼都在等待甚麼？這時，見一個梳著馬尾，有一頭烏亮頭髮，穿著有花邊的小篷裙，容貌很可愛，約五六歲年紀的東方小女孩，一邊跑一邊口喊：「媽咪、媽咪！」後面有個藍眼黃髮的小男孩，正笑嘻嘻的在她後面追逐而來。

再一看小女孩奔向喊叫的媽咪，竟是一位年輕的西洋婦女。待我多向這羣人中注視一下，又發現一個三十左右的高壯洋男子漢，肩背上正騎著個黃皮膚細眉細眼的東方小男孩，這一發現更引起我的好奇之心；視線再細搜索，竟發現人羣中的黃髮碧眼西洋父母們，有許多是帶領著純東方人種像貌的年幼子女。這些一個個衣著打扮非常整潔美觀的男女兒童，他們的面貌有的一看就知是北亞的朝鮮人或中國人，有的膚色較深粗眉大眼，完全是南亞人的特徵。

看樣子多半是西洋父母領養了東方兒童作子女。但不知爲何此時都聚集在這個候機處？正不明原因暗猜測時，卻見一些人一擁向前。原來正有一班飛機到達，見下機入口處已魚貫走進來一些男女乘客。這時人羣中一陣騷動，我引頸觀望卻見已有好幾位年輕西洋婦女，各自手抱著不滿週歲的東方嬰兒，那份欣喜激動以致淚流滿面的情形，使我這遠遠觀望者也不由得被感染得熱淚盈眶。

原來這些人羣是分別來接收他們所領養的東方幼兒。有的人家已有兩三個小兒女，竟再領養一個東方嬰兒；見做父母的手抱著才接到的小貝貝，呼喚小哥哥小姊姊快來親親新來的小弟妹，以及圍在旁邊，一同來迎接的親戚長輩也喜極落淚，大家圍攏簇擁著這個髮烏膚黃，一臉無知無邪的、對陌生環境東張西望的小貝貝，又親又吻；有的忙著爲嬰兒拍照，有的忙著舉玩具引逗。在這片候機廳中霎時間，處處顯示出歡喜與興奮，處處洋溢着親情自然流露的激動感人畫面。

身爲東方人的我，觀望之下不由百感交集。想到故國久不靖、多少家庭破碎多少親子分散流離；而南亞諸國有的因戰亂有的因飢貧，人民的境遇更是淒慘，在家破人亡下能有幸被仁愛熱情的西方家庭收養的幼兒僅是少之又少之數。但願今後人與人之間，國與國之間，能和平相處不再鬥爭，以免有家破親子生分離的傷痛。

寫於加州

默語

今天步行到郵局去寄東西，寄畢出來，踱到它後面的小公園。

初秋的陽光照在草坪上，現得那麼碧綠耀目，小小的噴水池，依然陣陣的噴起白花花的水注。

四五個六七歲的小男孩，正在柔輭的草地上踢球玩耍。嘻笑聲，給這片寧靜的公園，帶來生動的氣息。

有多久？我不曾來這裏停留了？和煦的陽光把我引來綠色的露椅邊，默默的坐下。突然，好想、好想跟你說說話。

是七年了吧！也是九月裏的秋日，那天正是孫兒小羊的七歲生日，邀請了六七個小朋友，在這裏爲他慶生。我用金紙做了個大燈籠，裏面裝滿了糖果，高掛在樹枝上。慶生會的高潮，是小羊跳起來拖那垂下的燈籠穗，糖果隨著扯漏的燈籠底紛撒下來。你舉著相機，不停的獵取孩子們歡笑爭拾的鏡頭。

誰料，那次竟是全家最後的一場歡樂。當時，你看起來是精神奕奕，但十天後，卻因心臟病復發而遽然逝世。

七年了，孫兒小羊已是由兒童長成了少年，今年已進入高中。你呢？在天國裏，可能不會再老吧？但是在人世間的我，卻已是兩鬢飛霜了。

午後的秋陽曬久了有點兒熱烘烘的，我要走了，走回那個沒有你的「家」！

寫於一九八二初秋元生忌辰後旬日

勿辜負自己

今天早晨，搭地下車由奧克蘭到柏克萊去，上車後，看到一個坐在輪椅上，約三十餘歲的女黑人；她燙著一頭短鬈髮，帶著一對大的金耳環，臉上描眉塗唇看著一副精神煥發服裝整齊的樣子，正在翻閱一本彩色刊物。

在此我不能用衣『履』整齊來形容她，因爲她沒有穿鞋；她的一雙腿，只剩上半段，就像兩截斷木幹般，被包藏在褲腳內，平放在椅上；看了令人觸目而憐。

因爲我的座位正巧對著她，不免又多向她打量兩眼，發現她在翻動刊物的左手，僅拇指是完整的，其他食指到小指四個手指的第一二截都沒有了，只剩短短的第三小截仍存在，像個短毛刷子，心中不免對她更增加了幾分憐憫。暗想，大概是遭遇了甚麼意外，車禍或是使用機器的工作中，手腿受傷而造成了傷殘。

當她停止翻閱，把刊物平放在腿上時，我才又發現她的右臂，竟也只剩了半段，右肘關節以下，僅剩有一吋多的樣子，暴露在袖口外，這一發現，使我內心感到十分的同情與憐惜。但從她那安詳自若的神情及眉展容僖動作從容的神態中，使人感覺到她的生存毅力和堅強自信。使我在同情與憐憫中轉變爲欽佩與欣慰。

在加州柏克萊，因爲設有傷殘復健與輔助的機構。所以在柏克萊的街道上，公車站上，公車與地下車以及公園中，經常會遇到各種的傷殘人士。

這些殘障人士，不論是眼盲、缺臂缺腿或是四肢不良於行動，都是獨來獨往獨立生活。不良於行的，以手轉式或電動式輪椅代步，眼盲的用導盲杖或是帶著導盲犬探路與領路。公共場所及公車上，都有特殊的設備，使輪椅可以上下自如；地車月臺邊緣有特加凸起數條比地面略凸的警界線，使盲人候車不致失足跌下月臺。這些自由外出的傷殘人們，多數都有各自能力所及的工作，都可以獨立生活，並不像人們想像的——一切完全依賴旁人或是社會的寄生蟲。

某次在等候由柏克萊去舊金山的過海長途公車，見一對白人母女，母親是二十五六歲的盲人，小女兒僅周歲左右。閒話中獲知她夫婦都是失明的人，兩人原都在工作，她做了母親後才辭職。現在經常有公家護理人員來家教導她如何護理幼兒，所以未感覺育兒的困難。看那小女兒一對清澈的藍眼睛，快樂的東張西望著，嬌小活潑的模樣好可愛，年輕的媽媽也是一副整齊斯文的樣子，內心在爲她欣慰中，多少有些悵然。

每遇到這種獨自來去自如的殘障人，就不免覺得自己是多麼的幸運；想他們需比一般正常人，克服多少倍的困難，才能平安的生活下去，似我們一無所殘缺阻障的正常人，上天賦予我健全的軀體四肢和五官，以及健康正常的頭腦，應多麼慶幸，應如何好好利用這份幸運去發揮它潛在的能力，才不致辜負了自己健全的一切。如果稍不如意就怨天尤人，或是好無病呻吟，豈不太糟蹋自己！

寫於加州

母親的牛肉乾

今夏，趁復活節的假期與女兒夫婦及兩對泰籍友人帶著孩子，三家老少到太浩湖度假兩日。租了帶有廚房設備的旅社房間，自己開伙。吃飯時，大家毫無拘束散亂的坐在椅上沙發上和地毯上，邊飲邊嘗三個年輕主婦各顯身手提供的佳肴。

那盤看來烏褐褐油亮亮大塊大塊的東西，烹調時就已經香味飄飄，擺上桌來更是油亮奪目，不由得先捏一片入口品嘗，突然間一種塵封已久的味覺記憶，霎時兒上心頭——這不是多年前母親手製的牛肉乾味道嘛？鮮腴可口中富有濃濃的胡椒辛香。約有多少年了？沒嘗到這種風味？想不到寄居海外異鄉竟吃到由泰籍朋友手製的，品味與母親做的故鄉粵東的牛肉乾滋味如此相似！由味覺的記憶不禁勾起少年時看母親臘牛肉乾的種種往事。

我家籍貫雖是粵東，但當年因爲父親在「京」作官的緣故，我與弟妹都是生長在北平。居住北平時，每到冬天，母親必定做些牛肉乾、豬肝、香腸、臘肉等等臘味，作爲平日添菜和過新年待客之用。在這些種臘味中我對牛肉乾的風味最爲眷戀。因爲它不但滋味鮮美可做佳饌，也可當做消閒的小吃食。而且在其他各省地方雖有香腸臘肉等臘味，卻絕少有像粵東牛肉乾這種耐人細品嘗的獨特風味。母親做牛肉乾是選上好的瘦肉剔淨筋膜，切成比手掌略長的厚片，用上好的醬油和多量的印尼胡椒粉把它醃透，每天晾在戶外，等肉中水分漸乾去肉質變硬，就可收存起來。吃前把它蒸熟再切成小片，就是風味絕佳佐飯下酒均相宜的可口小菜。

我們兄妹當時年紀還小，而且家中有佣人，每逢到了做臘味的季節，只是跟前跟後看大人們忙，享受著大人們忙碌那種熱鬧的快樂。不幸在我才八九歲時父親患病逝世，跟隨母親扶柩返鄉安葬了父親，母親爲了不使我們兄妹失學，又再回到文化古城北平，讓我們繼續入校讀書。此後雖然每年冬天母親仍然做些臘味，但是數量已不似父親在世時那麼多，而飯桌上偶爾添菜的臘豬肝、牛肉乾，也成了珍品。

有一年的冬天天氣特別寒冷，母親卻做了大批的牛肉乾。我與妹妹幫著把盛在一桶桶鉛鐵皮水桶裏，已經醃好的牛肉，一片片用S形的鐵絲勾穿好，掛到晾衣繩上。在天寒地凍的北方，嚴多三九天，雖然陽光照耀，室外的氣溫也冷得滴水可凝成冰。我與妹妹都穿著厚厚的棉襖仍然凍得發抖，連續不斷用手摸弄著那些冰冷的牛肉，手指幾乎僵硬，動作也變得不靈活。看看母親雙手也已凍得通紅，一面把手在凍得紅紅的鼻子下用嘴哈著熱氣，一面不停的穿掛著一片又一片的牛肉。

我拘攣著僵硬的手指，勾掛著冰冷而困難穿通的生牛肉，邊做邊抱怨爲甚麼要做這麼多！

卻原來是因爲有一個同鄉來遊說母親合資作生意，他講在原鄉售臘味很好銷，尤其是牛肉乾，價錢很高，若趁春節前運回一些去銷售，可以賺不少錢。由母親先出錢製做，他帶返原鄉販賣，賺的錢除還本外，餘下的雙方均分。

母親爲了賺些錢貼補家用，答應與這位姓鄧名子良的同鄉合夥。這位同鄉是故鄉稱爲「水客」的生意人。當年原鄉粵東一帶男子，盛行往國外南洋（印尼、新加坡等地）或是往國內北方（上海、平津等地）往返帶貨做生意。因爲不論下南洋或上北方，都需要乘海輪由水上來往，故稱之爲「水客」。

那年冬天，全家人跟著母親忙碌了一陣，最後把乾透的牛肉乾，一包包裝好，交給這位同鄉。期望他明年北來時，就可以有一筆小收入。

誰料這位同鄉存心欺騙，走後就再無消息，後來雖然聽說他又來到北平，但卻避不露面。母親是位心地慈祥的老實人，總認爲「水客」一向都以誠實爲本，才能在同鄉間作生意，那料到這位姓鄧的熟人竟是如此存心。不但牛肉乾的成本無從討回，還有更令人氣憤的事，是母親帶著我們由故鄉重返北平時，恰巧與這位同鄉同乘一艘海輪，他好心的向母親忠告，說是輪船上很雜亂，難免有壞人與扒手，說母親帶著幾個年幼子女不易照顧周全，有金錢與貴重物可託他代保管，抵達北平時交還給母親。老實的母親就把隨身多餘的一點現金交他代保管。但到達北平後，他卻交不出錢來，說是因爲辦貨用掉了，答應以後陸續還清。結果不但沒能還清，反又詐騙去那麼多牛肉乾。每想到就令我氣憤。但母親卻說，算了，損財消災！好在不是太大的數目。是別人欠我們的情，而不是我們去欺騙人欠別人的情，不必總掛在心上。

母親已經故去多年了，母親當年的話影響了我，使我養成，人欠我情不妨坦然，我欠人情就常記在心應有「報李」的習性。若不是那天在太浩湖度假，突然嘗到二三十年未嘗到的牛肉乾風味，也不會重憶起這段往事了。

一九八三冬寫於田州馬丁

描眉畫眉繡眉

愛美是人類的天性，我國婦女自古就盛行描眉塗脂抹粉點唇貼花黃等化妝。

描眉又稱「畫眉」，把生長得不夠濃黑的眉毛描畫濃深，並且在形式上加以美化，使它更顯突出而增添面部的美化。古時女子盛行柳眉，所謂的眉如柳葉，蜀後主的甘州曲中卽有「柳眉桃臉不勝春」之句。

遠在漢朝宣帝時，有一段畫眉的公案。當時官拜太僕，後遷爲京兆尹的張敞，曾捕斬羣盜爲地方除害使吏民歙然。爲京兆尹時，朝庭大事每多議處，是位頗有文才武略之人。但卻被有司向皇帝告了一狀，有司上奏說他「無威儀」，因爲喜爲其婦畫眉。

宣帝問張敞「有無此事？」張敞回答得妙，他說：「臣聞閨房之私，有甚於畫眉者。」宣帝聞後不禁莞爾，因愛其才而未責備。這段公案變成爲千古流傳的佳話，而後人也將「畫眉」視爲「閨房樂事」，在賀人新婚的詩詞中，時有這種佳句。

例如清初才子袁枚，二十餘歲卽點爲翰林，歸完婚時，京師同僚贈詩爲賀的極多，其中有魏某所贈詩云：「爭傳才子擅文詞，頃刻千言不構思；若使畫眉須緩款，那容橫掃筆尖兒。」民國後在抗戰期間，有位軍官結婚時友人贈送的賀聯中，見有：「畫眉使筆須輕緩，不是橫刀躍馬時。」的佳句。引用魏詩的畫眉須「緩款」，對以戰場禦敵「橫刀躍馬」之威猛，眞是恰當而妙極。

時至二十世紀末葉的今朝，世事均隨時代進化與變遷，想不到畫眉也有新的變化由「畫」演進爲「繡」。畫是用眉筆描畫，繡則爲用針來刺繡；也就是在皮膚上刺青。聽說國內已在流行，先將原本不多的眉毛拔淨，然後在雙眉部位畫出所希求的底稿，對鏡端詳認爲滿意，卽可動手刺青。手術完畢，皮膚經數日後恢復完好後，臉上一雙濃淡適度而美觀的蛾眉，就永留臉上拂洗不去了。

此後既不需擔心匆忙中雙眉式樣描畫得不一致，炎夏日也不必擔憂受汗溼汙損了眉形而出現醜態。不過那種，手執眉筆輕問檀郎「畫眉深淺入時無？」和似張敞般爲嬌妻畫眉的閨房樂事，將因「繡眉」而無從理會了。

事非經歷不識詳

幼小時經常在一起的玩伴，如今又都來國外此地定居的蕙蕙；那天相聚閒聊天，從天南地北到過往和現今，話題落到「飲食」上的時候，她慨然說：「人老了，牙齒都不靈光了，吃東西要撿軟的容易嚼的……想起當年，小時候，咱們同桌吃飯時，看到恩奶（她的祖母）吃飯時，面前總是放些豆腐乳、蒸蛋、紅燒豆腐等等煮得很軟爛的小菜；我還向妳暗笑，恩奶就是愛吃煮得稀巴爛的東西。而咱們那時候，口袋裏裝的都是最能磨牙的零食，甚麼鐵蠶豆，帶殼的榛子松子等等。後來姆媽（她的母親）上年紀後，吃飯時也是一小碟一小罐的擺出她的私人小菜，我還嫌她太麻煩，吃餐飯那些碟碟罐罐要擺出擺進，到如今，自已牙不行了，才明白，那並不是她們的嗜好，而是不得已為了將就自己的咀嚼能力才撿軟爛的來吃……。」

蕙蕙的閒談，使我連想到另一位年輕的朋友，她時常好取笑我們這些被她稱為伯母、阿姨之輩的上了年紀的人，例如常腰痠背痛啦，牙不行了，常和牙醫打交道……等等。想不到她自已的牙也不爭氣，還未到應出毛病的年紀竟也急著出現弊病，而必須頻頻找牙醫生解決問題，並使她了解到諸多弊病的痛苦，而不再笑話別人。

「這麼小的牙刷，只合適給四五歲幼小的小孩子使用；龍龍已是十四五歲的中學生了，怎麼還給他用這麼小的牙刷？……」這是王奶奶到兒子家小住時，在浴室看到孫兒漱口杯中的小牙刷，內心所發生的意見與微感不悅，覺得做媽媽的兒媳婦太不注意下一代的生活瑣事了。

第二天王奶奶出去「逍遙評」時，就特意買了兩支適合成人用的軟毛牙刷，交給心愛的孫兒使用。

過後一陣子，王奶奶患牙痛，去看牙醫生。當女護士為她解說牙齒保健之道的時候，所用的清牙用具，竟是一把小型牙刷和牙線。教她每餐後用牙線和小牙刷，清除牙縫和牙根牙齦部位。王奶奶這才明瞭，小型牙刷因為體積小，清除食物渣滓的功效，比毛刷部位較寬而長的普通型牙刷的效果良好。暗自慶幸，那天幸好沒有自以為是的數說兒子與兒媳婦。

因此使我想到一些世事。例如當我看到別人在處理一件事務時，很可能自己有不同的意見，而認為他處理得不對，不應該如此做，甚至深為不平或是抱怨。可是，往往這件事並非由自己親身經歷過的，自己並不是完完全全的明瞭它的前因後果；但對方的處理卻有他自己的經歷與見解，或是有他的不得已，而不能不如此做。

所以當我遇上深不以為然的事情時，應不要急遽的就下斷語，不要立即怨聲指責，因為很可能是自己的見聞不詳，自己的了解不夠透澈，才會有怨責的意見發生。

若能夠理解到這一點，那麼與人相處時，也可減少對別人的摩擦與誤解。人與人之間的情誼是可珍貴的，不論親近的家人或是交往的朋友，摩擦與誤解的次數愈少愈佳，以免影響到彼此間的情誼，而失去了親情或是友情。

寫於加州

家族樹

孫兒楊國平是在美國出生，自幼入當地學校就讀。每週末曾往當地華人爲他們子弟辦的中文學校，學習到些許的中文；雖然可以講國語，但在閱讀與書寫方面尙不能運用自如。他從小喜歡繪畫，課餘時間，曾學習素描與水彩等，十歲左右的時候，在暑假間，兄弟二人跟著爸爸媽媽回國觀光。對一向僅是從書本、電視上看到，和從大人們口中聽到的，這些屬於自己家族根源的地方，一朝能親臨其地，感到非常興奮、親切與新奇。

從書店選購回來許多兒童讀物，對那些字少圖多的連環圖畫故事很喜歡閱讀。尤其是對英勇爲國殺敵的「楊家將」故事最爲欣賞。他曾用好幾天的時間，繪了一大張人像。那是一張三呎多高兩呎多寬的白圖畫紙板上，繪了一個身穿鎧甲手持長矛站立的古代戰士。這個雄赳赳全副武裝的戰士，那臉型容貌和髮型卻畫的是他自己；並且在這巨幅彩色戰士像上，用墨筆題寫了「楊國平」三個正楷大字。

我對這幅畫像，只是覺得畫得很有神采；並沒有深入去了解他的思維感想。當時我認爲是

——小孩子嘛，都有摹仿性；讀了楊家將故事畫，自己也想裝扮一個戰場上的英雄而創作了這幅用自己面貌爲藍本的戰士像。

畫這幅像是四、五年前的舊事了。

去夏我在一次長途旅行的時候，從來自各方的團友中，認識了一位楊增老先生。當獲知他是楊老令公嫡系三十七代孫時，大爲興奮。因我也是個對「楊家將」故事很感興趣的人，因爲自幼生長北平，經常觀看那些以楊家將爲題材的「京戲」，很想知道這些故事的眞實性。在旅途中火車上與楊老先生長談三個多小時；旅行結束後他返回賓州，還特將他保存的楊氏家譜列系圖表等影印寄贈予我。我爲使對楊家將故事同感興趣的人，能增多了解它的事蹟眞實與否，曾依資料寫了一篇「楊老令公三十七代孫談楊家將」，於去秋刊載於加州《論壇報》。

今年元旦，我由加州往馬州與次子倫兒一家小聚。提起巧識楊老令公後裔的事。想不到孫兒國平對此大感興趣，纏著我問個不休。在他的觀念中，認爲凡是姓「楊」就是同一個家族，爲甚麼我們與這位居住賓州的楊老先生互不相識？在國平的心目中認爲，既同姓楊，在最早最初時，必定都是出自一個根源。所以當他最初閱讀「楊家將」故事畫時，就認爲自己也是出自此楊家，故沾沾自喜的繪了那幅自認是現今楊家將之一員的自畫像。

我向他解說——楊老令公是山西太原人氏，那位楊增老先生也是世居太原，現在移居美國。而咱們自己楊家是古時因避戰亂，由中原河南地方南遷入粵，世代在粵東定居，而今是移民美國的廣東客家人。

孫兒國平卻辯說——他們可能是沒有逃避戰亂，一直居留在北方中原故土的楊家人；咱們是南遷的楊家人，當初必定是同一個楊家。

我繼續用中文夾英文的對他解說（不然，他不易完全了解）——他們有他們的「Family Tree（家譜）」，在他們的 Family Tree 上，楊老令公的父親是第一代，到現在的這位楊增先生是第三十八代，我們祖先的名字不在他們的 Family Tree 上。

國平聽了立卽興奮的問：「那，我們有沒有自己的 Family Tree？我們的祖先是從那裏來？都是甚麼名字？」

由於他求知心強，興致勃勃地連續求教；他爸爸到書房從書櫥中找出那本薄薄的「梅縣紹德堂楊氏家譜」。這本原是倫兒由臺來美進修前，他的堂叔祖在臺抄錄影印給他的，這麼多年來可能從未翻閱過。全家祖孫三代圍著圓桌，翻開細閱；遺憾的是，歷代事蹟記載得十分簡單，而且第一代是從元末（十四世紀中葉）由福建寧化縣遷入粵東梅縣的始祖，是爲開始第一世祖，到民國二十年第十九世爲止。也就是到倫兒祖父這一代卽未再有記載。原因可能是對日抗戰開始，子孫們因戰亂分散四處，以致未能繼續記錄。此時我們祖孫三代人，面對這本薄薄的楊氏家譜，不免悵然。

兒媳昭容提議應當繼續寫下去，孫兒國平也說：Family Tree 是應當一直生長下去才對！

見兒媳，尤其見在此海外異鄉生長的孫兒，對自己的根源如此關注；在欣慰和悵惘中，同時深感到，每一家的後代晚輩，都有權獲知自家 Family Tree 的詳情事蹟；而身爲家長長輩的，更有責任有義務把它傳示給自己的後代，使後代兒女子孫能明瞭自己祖先的一脈源流，愼終追遠。尤其是生長海外的中華幼苗，促其增加對祖先祖國的認同與情感。幸好我家的叔祖雖已高壽九十有三，仍記憶力健全，盼他老人家能指示協助我等，完成孫兒國平的心願。

一九八七夏寫於加州

角黍飄香憶童年

每逢快到農曆五月，就令人想到，又是包粽子的日子了。我對粽子並無偏愛，而是喜歡那煮粽子時，從沸騰的大鍋中，飄散出來的粽葉淸香。從滿屋子飄散著，記憶中熟悉的粽香氣味，就會使人又跌入歡樂的童年。

錦粽香包纏八卦

錦粽是用圖畫紙摺疊成角粽形狀，在表面纏繞上一層采線，就成一個五彩的小粽子。加上珠飾、墜繐和掛絆，就是一個小巧玲瓏的飾物。或是用硬紙剪兩個正方形，疊成八角，纏上彩線，就是個五彩八卦。

香包是用零碎布剪出各種花朵、果實、魚鳥或小老虎、雞心、葫蘆等等的模樣，縫成一個小袋，塡入香料，加入一點中藥冰片或是樟腦；加上繐子和掛絆，就是玲瓏可愛、聞著又涼沁沁、香噴噴的小香包。男女小孩和少年們在端午節時都喜歡掛一串錦粽和香包，據說可以祛毒氣、避蚊蟲螫咬。

小時候對纏粽子做香包最感興趣，零用錢都留著買絨線爲纏粽子或八卦。幾個要好的小姑娘，每天下了課就湊在一起，比著做。爭奇鬥巧，看誰的手最巧，做出來的最豔麗美觀。小朋友之間互相饋贈或是獻給老師與家中人，是最覺得光彩高興的事。

五毒符與鍾馗像

往時中國大陸每逢進入農曆五月，各南紙店與油鹽雜貨店，就擺出用黃色紙印製的五毒符和鍾馗像。在淡黃色的紙上用明顯的硃紅色線條繪出的神相與符咒，使人看了有種神秘的感覺。據說把五毒符貼在門楣上，可驅除因炎夏到來，逐漸出來爲害的有毒蟲豸。例如蛇、蝎、蜈蚣、壁虎、蟾蜍，俗稱之爲五毒。五毒符的紙上，多半是畫著一隻大葫蘆和以上的五種蟲豸；葫蘆嘴上冒出一股仙氣，把這五種毒蟲籠罩住。紙上方畫有符咒，據說可降住和收入這些毒蟲，使牠們不致爲害。

鍾馗像是在黃紙上用硃紅色印出一個相貌醜惡、軀幹魁偉、鬚髮怒張，手執寶劍，腳踏小鬼的神像。據說這位在唐代成神，曾在唐明皇的夢中出現，爲明皇驅鬼而食，使明皇病癒的鍾馗神像，貼在大門楣上，可使鬼魅望風而逃，不敢進入人家家中作怪。

菖蒲和艾草

用菖蒲和艾草紮成束，懸掛在大門上，據說也有辟邪祛毒的作用。又有一說是避除兵禍。傳說在南宋時，南侵的金兵見一位逃難的婦人懷抱一個年紀較大的兒童奔跑，一個年紀較小的反而蹣跚的跟在身後。詢問之下，才知道她抱的是她大伯遺下的孤兒，後面跟的是她自己的兒子。金兵的將官對她的仁義心腸很爲感動，就教她不必逃亡，囑咐她在門上掛一把艾草爲標記，金兵入村時絕不屠殺她家。這個好心的婦人回到村中，把這件事告知了全村。當金兵入村，卻見家家戶戶門上都掛著艾草。結果全村都躲過了這次的兵劫。以後就流傳下門掛蒲艾以避兵劫的習俗。

少小時每逢端午節，看著家家戶戶忙著在門窗上貼五毒符、懸掛菖蒲艾草，那種興奮熱鬧的情趣，與過陰曆年不相上下。到了初五傍晚，還要把所掛的蒲艾取下來，用大鍋煮水。把那煮出的、顏色褐褐的、帶有草藥氣味的蒲艾水，攙在洗臉、洗澡的熱水內，據說用它洗浴，可以防止生長的癤瘡痱子，或是把餘下的晒乾後碾成碎屑，加些雄黃，用紙纏束成棒香狀，整夜燃燒，可以驅避蚊蚋和毒蟲。

雄黃酒和畫虎王

端陽節把拜神祭祖的酒中攙入少許雄黃末，在全家老少入座吃飯的時候，大家分飲一些雄黃酒，據說可以祛病延年。在這一天早起，小孩子穿上新衣、新鞋打扮好了以後，大人們就用調好的雄黃，在男孩的額上畫一個「王」字，在女孩的額頭點上一個大圓點。孩子們互相看著對方額頭上那個硃紅色的標記，不免嘻笑打趣。據說額上點雄黃，有祛除瘟疫疾病的作用。

端午節不知為甚麼會與「虎」扯上關係。男孩額上畫王字，表示有猛虎雄風；掛飾的艾草也往往編成虎形，稱作「艾虎」。一串串的錦粽掛飾上也少不了有用黃絲絨做的小老虎。老少婦女們的髮髻和辮子上，也都簪榴花、揷艾虎或是戴一朶用絲絨製的小黃老虎。記得那時候祖母一輩的老人，還都有用金銀絲製造得非常精細小巧的虎簪虎釵，看了使人愛不忍釋。當年因為年紀幼小，沒有資格戴，怕弄壞或是遺失。如今年紀老大，又已不時興鬢簪這種飾物了。何況現在遠居異邦，連最普通的端節飾物蒲艾都難求；也只有買盆榴花，置於庭中，和纏些錦粽八卦來掛飾點綴這個令人長憶童年的佳節了。

寫於田州

不是「誰」的事

幾年前，正逢在我家老二的家中小住時。某一天上午，他帶著他的小兒子去超級市場買東西。回來的時候，只見當時僅六、七歲的小孫兒，手裏舉著一小把鮮花，笑盈盈的快步跑了進來。

我逗他說：「這花是送給婆婆的？」

他趕忙說：「不是，不是，是買給媽媽的，今天是母親節嘛！」

「噢，那你怎麼不也買一把給婆婆哩？」我接著逗他。

小孫兒邊往裏跑邊說：「那是你兒子的事……」看他那一臉理所當然和笑咪咪的飄了他爸爸一眼的神態，我不由笑了起來，同時也望著二兒子說：「聽見了沒？」他也跟著哈哈一笑。這件事就過去了，他並沒有再跑出去爲我買花，我也沒責怪他還不及他的兒子。

小孫兒當時正讀小學，我想，一定是上課時老師對他們提到「母親節」的事，和教導他們如何向母親表示敬愛。例如自己畫張賀卡給媽媽，或是送媽媽一朵花等等。而且在兒童和少年這段年齡的孩子，跟媽媽最接近，所以也最樂意對自己媽媽有親愛依戀的表現。

成年人對自己母親的依戀，已因年齡與成長而逐漸減輕，不再時常的繞圍在雙親的「膝前、膝下」，但對雙親的敬愛並不會減退。只不過由於每個人的性格不同，有的人極易流露表現，有的人不善表示，僅是蘊儲在心中而已。並不見得，沒有顯示就是不孝。

在現代生活中，除了我國固有的傳統節令外，又陸續增添了許多中西節令，例如爸爸節媽媽節、祖父母節、情人節、聖誕節……等等，除此之外還有家人的生日和夫妻結婚紀念日等等。如果是個喜歡慶賀而又對此甚爲計較與在乎的人，逢到喜慶節令或自家的紀念日，難免因爲家人或對方的疏忘而產生失望和不愉快。

不過，若自己不是健忘者而又喜歡節令的歡愉，不妨利用自己的好記憶力，給予他人驚喜和快樂。一朵小花、一幀相片、一紙賀卡或是一件別緻的小玩藝，都足以代表自己的心意。不在乎價錢的高低而在乎心意。「心意」才是無價可估的禮物。給予與接受，同樣能使人心靈上感到愉悅。

當此一年一度的母親節又將來臨，使我突然想起當年小孫的那句話；卻反省到——「愛」的表示不是該是「誰」的事，應當由自身作起；而不要總想著惦著「別人應當常思及我，偶遇疏忘就怨懟於色。」而是應反省「自己有否常思及顧及別人？」若能反過來注意此點，就可減少埋怨之心，而且可使自己心靈常充滿仁愛和愉快。

寫於加州

心孝口不孝

當年住在我國北方時，那時電視機尚未發明，家庭中唯有聽收音機是最使人欣賞的娛樂。尤其聽北方的相聲節目，那時相聲人才濟濟，經常編撰新的、適合時代潮流、有滑稽嘲弄諷刺和勸世種種的題材；時常在使聽眾開心大笑之外，並獲得警醒之益。

記得曾聽過一段使我印象頗深的相聲。內容是描述兩對母子，在相同的一件事體上，因為處理及言語態度上的不同，而造成母子間不同的影響。

內容是——冬日裏，北方屋裏都升有爐火，室內空氣乾燥，老太太很想吃點水果以潤喉。於是對早上將要出門工作的兒子說：「回家時帶個橘子回來給媽吃！」

橘子是出產在南方的水果，在北方它屬於稀少的高級水果。做兒子在回家之前，到水果店買橘子，發現標價頗高，但是母親想吃，也就不得不忍痛買了一個。

回到家中，把橘子往母親手中一遞，嘴裏忍不住說：「吃罷！妳知道多少錢一個？好貴，×塊錢啦！」

試想，這位老太太，手拿著這個橘子，聽她兒子這種言語，她能開心安然的吃嗎？恐怕不但潤不了喉反要氣結咽喉哩！

再說另一對母子，當那個做兒子的在水果店，看到橘子的昂貴標價，實在不是他這個人力車夫家庭能吃得起的水果；只好踱出店來，在路邊小攤買了個冰凍柿子。柿子是北方土產，當然價廉得多。他拿回家來，送到母親面前，和婉的說：「媽呀，橘子這兩天沒到新貨，店裏的都是陳貨，價錢又挺貴；我給您買了個冰凍柿子，等一下開化了給您用匙子舀著吃，又軟又甜正合您的牙口，您看好不好！」

猜想得到，老太太一定是笑呵呵的，癟著沒牙的嘴，說：「好，好！柿子正好去火又化痰，難爲你想得周到！」

同一樣的事體上，因爲處理表態和對話口氣上的不同，在兩對母子各自間產生的影響，一對是歡愉和祥，一對則是妄破費徒順從孝敬，反使母子間產生不愉快的情緒。

自從聽過這段相聲後，使我警悟，對父母長輩，應注意語言口氣；如果口氣不當，你雖然行爲上是順從了對方的意見，但因言語的不當，反而會產生不良影響。

做父母的沒有不心疼愛護自己的子女，絕不願子女爲父母做他們能力所不及的事；遇有困難應委婉坦誠說明，兩代間就不致有誤會。再說現代的老人們，如果子女能時時關懷，遇事常先想到父母，就於願已足。讓自己的父母懷有「時受關懷」的滿足，對做子女的來說，應不是一件難事吧！尤其是對依子女寄居海外異鄉常感落寞孤寂的老人；但願做子女的能做到關懷，和願做父母的能享受到關懷。

老人不寂寞

「美國是老年人的墳墓！」這種形容早深入一般人的概念。因爲美國老年人多半沒有跟子女同住，想必生活都很寂寞。不過美國老人，他們究竟是生活在自己的國家鄉土上，對環境不致陌生，又無語言上的障礙，比一般從其他國家移民來此地依親生活，或是獨立生活的異鄉老人，要幸運得多。

最近來西岸灣區小住，發現在三藩市、奧克蘭一帶，有些專以華人爲對象的安老服務機構。我曾跟隨一位獻身社會工作的朋友，到過幾處這類性質的機構去參觀，留下良好的印象；因他們服務的項目很廣泛也很實際，可以幫助寄居海外的年老華人及有殘障與疾病的年老同胞，解決許多困難的問題。

例如設在三藩市扳街（Pine Street）六四〇號的安老自助處。去參觀時，正逢他們午餐時間；但見寬敞的餐廳中，有十三四檯大圓桌，每桌可坐十人左右，已是八成坐滿。每人一份看來頗豐盛而富營養的食物，盤中堆得小丘般的熱白米飯上，有兩大塊紅燜鷄腿，還配有青菜花白蘿蔔胡蘿蔔等蔬菜；另外還有一小匣牛奶和一個蘋果以及熱茶與咖啡。食客全是上年紀的老人家，大家和和樂樂的圍坐在一處進餐，那氣氛好像是臺灣的在吃「拜拜」，既歡愉又熱鬧。

依規定，凡滿六十歲的人，即有資格到這類供應老人餐的機構塡表格登記後，隨時可前往進餐，費用各機構略有差別，由七角五分到一元二角五分不等。以安老自助處來說，在三藩市即有五處不同的地點，每日可提供約七百餘份老人餐。不但經濟實惠，又可爲老年人減少採買烹調與清洗善後之勞。如果是行動不便的老人，還可以申請「送膳到家」的享受。

在大廳壁面上，見列有每週間爲老人安排的活動節目，包括有英語會話班、學習各種手工藝、太極拳、健康舞蹈、醫藥護理常識、代量血壓、觀賞電影等等。節目甚多，而且全部免費，可選有興趣的參加，既可消磨時光增長知識又可結識朋友。

隨後又參觀了服務的各部門，計分有社會工作服務、爲殘障者的服務、家庭護理服務、住屋輔導服務及就業訓練等。他們有能操國、粵、英及非律賓等語言的職員，可爲當事人解決疑難問題，提供意見與實際辦法。爲當事人做護伴傳譯，及有應急家庭訪問，爲老人做醫藥指導等工作。提供專業的居家看護，可爲老人作物理治療，以及有居家護理人員待聘。替殘弱病患尋求適當醫療，提供居家輔導等服務。

並可協助老人申請租住老人公寓或尋覓廉宜的住屋；以及代業主與住客解決糾紛等等。最有趣的是，他們還常舉辦耆英茶舞會，備有茶點免費招待老人們歡樂舞蹈一番。

在奧克蘭華埠八街三一〇號的「屋崙華人服務社」及華埠十一街三八〇號的「救世軍屋崙耆英服務中心」也是對老人很有幫助的機構。前者除提供老人午餐及可以送餐到家外；還有職業介紹，爲低收入人士塡報入息稅以及代申請緊急房屋津貼。老人探訪和老人職業訓練班等。

「屋崙華埠救世軍耆英服務中心」不供應老人餐，但每週排有各種活動節目。例如：入籍班、書法班、編織班、盆景班、太極拳與外丹功班、烹飪班、醫學講座、代量血壓，以及代書、塡表、健康指導等等。並且每個月舉行一次郊遊活動，有專人領隊照料，往附近城市名勝遠足，使老人們開心悠遊忘卻了年齡，又恢復童子軍時代的心胸氣慨。

除以上這種以華人爲服務對象的機構外，美國各城市都有這類的老人活動中心（Senior Center），可從當地電話簿上找出名稱地點，前去參加，有如參加俱樂部，可多認識些不同國籍的朋友，增進適應環境的能力。

年老寄居異邦，都不免懷舊與感慨多；但如終日悶居斗室，就更難使心境舒展，寂寞鬱憂也隨之而來。心境舒展，健康也會長相隨。何不衝破孤寂的網幕，尋求老年人的春天；使自己常生活在風和日麗鳥語花香的春天裏。春不是青年人的專利，老年人一樣可以享有，只要你去尋求。

一九八七寫於加州

親人在高牆上

在陽光下，在風雨中，在飄灑著雪花的日子，那一片烏澤如墨玉泛著幽幽光澤，展開如V字型的巍偉高牆。

誰在牆下徘徊？誰在牆下啜泣！淚眼模糊中，注目細尋覓——那整片牆上，但見密密麻麻的名字，嵌滿了烏澤泛幽光的巨牆。

你在哪裏？你在哪裏！滴著淚，默唸默唸搜尋搜尋！怵目驚心，顫抖的手指觸及日夜思念的親人的名姓，冰一樣、電一般的感覺，從顫抖的指尖傳入如焚如碎的心！

不能痛哭，不能狂號，但阻擋不了咽咽哽哽淚流滿面！

你壯健、精神抖擻的離去，歸來只剩一個名姓嵌在冰冷的高牆上！

是為著甚麼，這場狂妄的戰爭？有誰為此得到了勝利與安寧？慘酷的造成多少人流浪多少人死亡多少人殘傷！

你絕不會甘心在年輕力壯大有為之年，為毫無目的互相殘殺，永離了人世與家人。家人更為失去了你而痛斷肝腸。

在思念中唯有徘徊高牆下，觸摸你那冰冷的名字，但更增添無邊的慟傷！

（觀電視新聞——見為越戰犧牲的軍人家屬哀傷的徘徊華府「V」字紀念牆下，有感而寫。）

一九八七寫於加州

三代之間

以前在臺北定居時，某個暑假，兒子媳婦帶著幼小的孫兒回國省親。有一天小孫兒的腸胃不好，我與兒媳帶著才一歲多的小孫兒，到兒童醫院去看醫生。候診室中已有好多家長帶著生病的小兒女來就醫。這些身體不舒服的幼兒，有的哭鬧、有的病懨懨的哼哼嘰嘰的不安，使熙攘的小房間中，顯得有點雜亂。

見到有幾位略有年紀的婦人，抱著幼小的孩子，口中喃喃的哄誘，欲讓不安的幼兒安靜下來，又見一位五十上下的婦人，抱著個兩三歲的小男孩，一步前一步後的踱著，雙手捧著小男孩又左又右的做巨幅的搖晃以引逗著他嘻笑玩耍。在她身後有一個二十多歲的年輕婦女，一手提著手提袋一手攬著小衣物，悄無聲的靜站一旁。

看樣子，這個木然而立的小婦人應是小男孩的媽媽，而這位舉著孩子耍的，想必是非常疼愛小孫子的祖母。

這一幕情景看在眼中，突然使我有所警覺——我這個做祖母的，是不是也像眼前這位祖母一樣？對自己的第三代，有愛之深攬之過切的現象？就像在這個候診室中所看到的情形，而不只是一家，有兩三家都是祖母爲主的在抱攬哄逗孩子，年輕的媽媽，一副無奈的神情侍立一旁。

祖父母疼愛孫兒女，是天經地義人之常情，但一代管理一代，也是必有的責任與義務。做祖父母的如果因爲過分疼愛而事事攬先，超越了做父母的應盡的責任與義務，必定會產生弊端，例如流入溺愛或引起第一代和第二代間的不愉快。因爲剝奪了做父母的應盡的本分應享的權力。

做祖父母的一定也有過經驗；想當年自己初做父母時，與自己上一代間可能也有過甚麼參差，或是受過甚麼委屈。當自己也晉級做了祖父母後，那些記憶中的參差與委屈，正好是借鏡，可以預防與化解，不要讓它再發生在自己與自己的下一代之間。

當時，在候診室中看到的情形，我曾暗喜與警惕，能有借鏡，使自己約束自己，對第三代別太愛之深、攬之切。以免三代之間產生不必要的參差和不愉快的情愫。

寫於加州

海外中國人

我居住美國西岸一個文化小城，雖在街上常可看到東方人，但不像三藩市、洛杉磯大城，東方人那麼氾濫。此處既無中國城也沒有幾個東方店鋪。兩三年前，偶見一條主要大街上，某間店鋪門楣上出現「銀行俱樂部」幾個大中國字。乍一望見，不由感到十分親切，有如他鄉遇故人般的歡愉浮上心頭，不由向那可愛的國字多瞄兩眼。當時心想，這是銀行組織了俱樂部以供員工休閒娛樂；可能這間銀行華人職工不少，居然還用中國字標明。

過不久時間，乘公車再經過這條街時，竟發現這間俱樂部的門口，加了一行小標示「牌九請上樓」。這才恍然，它不是屬於甚麼銀行員工的俱樂部，而是一家小型賭場。內心頗有些失望但再過一陣經過那條街時，卻在俱樂部的左近，居然又出現三四家，張掛著「好彩俱樂部」「必勝俱樂部」等等。這些中國字映入眼中，不禁為可愛的中國字叫屈。海外中國人在異邦見到使用中國字的大招牌，一向都會引起親切感；但現在卻使我覺得可愛的中國字受到了侮辱，我為漢字蒙羞。因為它代表歡迎人來賭博。

中國人都如此好賭博嗎？竟使洋人有「凡是有中國人的地方，就少不了賭博」的錯覺。賭博這種玩藝，很易使人沉湎，以致傾家蕩產；而跟隨賭博賭場而來的，是社會的黑暗面——強索保險費，惹事生非，逼債殺人，吸毒販毒等等。

前不久見報載，美國各賭城賭場的老闆們，有意往臺灣招攬遊客，舉辦來美國賭城旅遊團，主要是臺灣富人多，想吸引他們來參加豪賭，以謀巨利。讀該新聞眞令人慚愧心傷。中國人眞如此好賭？使洋人認爲是極易招來的目標？若爲消遣、找刺激，除了賭博外，有許多正當娛樂可尋。俗說十賭九輸；若都是大贏家，誰是輸家？而且賭場的利潤又從何處來？再說經營賭場要擔很多風險，願我同胞捨棄這種營業。

除了賭博外，不守公共秩序，不重視公共衞生，也是中國人易犯的弊病。隨處亂丟廢物的壞習性暫且不談。先說那日去三藩市訪友，在等三十路公車往華埠時，站上已有二十餘中外男女老少在等待。公車到來時，只見一窩蜂般擁向車門的多半是東方人，不管老少都一樣往前擠，毫不守秩序，更無敬老心。

這時突見一個四五十歲的華人男士，一個箭步竄上前，從行車規則僅許由此門下車的公車後車門，插擠入一羣正在下車的人羣中，擠進了公車後門。引來別人「嘿嘿」的阻叫聲；他卻已是面帶僥倖的笑容，顯現在車窗內。我身邊兩個未參加搶擠的洋人，望著這幕情景，不平的搖頭與嘆息，使站在一旁的我，心慚愧臉發燒，因爲違規的人是中國人是我的同胞。他不但違規上車，還可取巧不付車資，因爲收費箱是在車前門內，車上乘客過多阻礙視線，司機無法看到這個從後門偷竄上車的人。當時我內心眞有想上前拉他下車的衝動。

車開行後，車中有如百鳥噪林，充耳喧雜聒噪不休的全是中國人，在如吵架般的高聲講話。我想，三藩市的公車華埠路線，可能被公車司機視爲受虐待的路線——乘客們的不守秩序和聒耳欲聾的噪音。

平時我常告誡自己「欲受他人尊重，必先自重；勿亂做違規不當之事。」尤其身在國外，更有代表自己國家民族的重任。若生就一副中國人的面孔，但專做丟中國人臉的行爲，是多麼令人氣憤、傷感情的事。

一九八七夏寫於加州

長江浪

公寓大厦的管理員打來電話說：「妳有兩個包裹，信箱放不進，現存在派信室，兩包都是書、重得很，妳最好帶個小行李車，才能拖上樓。」

聽了他的傳達，趕忙拿著拖行李用的兩輪小車去，搭電梯下樓。心想，我只是由田州威兒家整理了一紙箱原存該處的書籍寄來加州，怎麼會變成兩箱了，另一箱是誰寄來的呢？

來到派信室，看到我自己寄來的一大紙箱書放在地面上，另有一個寫著我姓名地址註明「書籍」的紙盒放在靠牆的桌子上。看看寄件人姓名地址，卻原來是我家老二，倫倫的兒子孫兒國平從馬里蘭州寄來的。從去年暑假開始，他找到了一份在書店中的工作；他在距住家不很遠的一處商店雲集的「Mall」裏，自已挨家一處處自薦求職而找到這份工作。原講的是擔任售書與收款，上工後，老闆對他工作印象甚佳，又覺他已是讀完大一的程度，改升他到書庫作整理與分類的工作。在電話中，他對我講，他很喜歡這份工作，因爲工作時可以順便瀏覽許多不同的書籍，獨處書庫內也不受別人的干擾。老闆答應他，如工作成績好，開學後，他可以改作夜間每週工作兩次。而最好的事是，書店有時退書給書商，退時只需將書的封面封底撕下寄返，剩下的無封皮書，有時就大甩賣，價錢低得很。我開玩笑的說：「有那麼便宜的書，遇到婆婆能看的就撿幾本寄來給婆婆讀吧！」想不到他眞的寄來了，但不是撕了封皮的，而是完整的，而且是精選一些適合給我在童話寫作方面可作參考資料的書。看著這許多本印刷繪圖精美的新書旣欣喜又有些不過意。在感覺上，他仍是個喜歡淘氣的小孫兒，在遊樂場纏著要零錢去玩各種遊戲，贏了就高興得舉著小手又跳又笑的小模樣仍淸晰的在眼前，曾幾何時，已可以用自己勞力賺來的錢買書給祖母閱讀了。通電話時，我向他說：「婆婆好喜歡你寄來的書，我寄錢還給你。」他說：「沒花太多的錢，我買書有折扣，而且我已經能自己賺錢了，婆不用寄錢給我。」聽到他那——因能有回饋之力而感自得的語氣。使我在欣慰中不禁略添少許歲月如梭的感觸。

說到孫兒已懂得找工作賺錢，連想到新年假期中，與威兒夫婦由田州送孫兒女國華國英兄妹返喬州亞特蘭達學校。抵達亞城日正是元旦，兩兄妹一心介紹和邀請祖母父母到當地一家很有派頭的餐廳去晚餐以慶祝新年。來到這間依山傍河夜景風光優美，有樂隊伴奏，氣氛華貴的餐廳，落座後，但見男士皆西裝革履女士皆珠光寶氣，紅男綠女釵光鬢影加上樂聲悠揚，使整個餐廳充滿熱情歡愉的情調。悠閒的享受愉快的晚餐，侍者送上帳單時，孫兒國華卽取出支票與筆。我滿以爲作父親的威兒會把帳單攔下，見他不動聲色，卽欲開口說話，但見他夫婦以眼色向我示意不要阻攔。見這餐的開銷近八十元，竟讓小孩子付帳，我內心感到十分不安。走往停車處時，我攙著孫兒邊走邊說：「婆婆很不安心要你花那麼多錢。」他微笑著說：「婆婆不要擔心，下星期我就開始工作了，馬上就可以有薪水可領了。」他現在是半工半讀，一年中兩季讀書兩季工作；工作與讀書互相間隔，本季工作賺的錢即可存作下一季入學讀書的費用。現已讀完大一的課程，工作一季後即可繼續攻讀大二。這樣既可減輕一些作家長的負擔，也可以及早吸取與磨練入社會工作的經驗。

事後威兒夫婦對我說，小孩子說了他要請客，就讓他出錢請，不要去阻攔。教他懂賺錢之不易，也應讓他懂錢應如何使用才適當；而且說過的承諾即應實現。看來眞是青出於藍，比我這個作母親的更懂得應如何教導下一代。現在回想，從田州開車來亞特蘭達的路途中，曾停下午餐和在兩處購物中心採買孫兒兄妹帶往學校的用品。但見他兄妹二人這間店蹓到那間店的反覆瀏覽，連續比價和精細的挑選，既要實用又需價廉，購物的準則比我這個老祖母要精明得多。是從甚麼時候起學得如此懂事了？才十幾不到二十歲的孩子嘛！好像沒多久以前，與大人一同逛店時，還是指東看西要求買這樣那樣，不是貪吃零食就是要買貴而不當的東西。記得某次全家一同遊「Mall」，那時正十二三歲已好打扮的孫女，要求她媽媽買一件小飾物，在如願以償繼續遊逛時，又發現一些更可愛的飾物，就動腦筋挽著爸爸蹓到攤位前說：「這次該是爸爸你的 Turn 了，你給我買好不好！」我每一想起她當時的撒嬌表情與機智就想發笑。

這次來到孫女國英學校宿舍，發現小雜物籃中亂七八糟重重疊疊的存有不少從廣告上剪下的各種食品購物優待券（COUPON）。連一向最愛亂花錢的小孫女，才讀大一也懂得居家過日子的儉省之道了，能不令我驚異！這次隨威兒夫婦一同來亞特蘭達，原是因爲不放心兩個孫兒女的住校生活，想親自了解一番。這次之行的目睹與體會，使我想到，如果他倆仍然是住在家裏，生活在父母的羽翼下和無微不至的照顧裏，可能仍是兩個不知天高地厚、不懂自治自立不懂生活節儉之道的大孩子吧！

此行對孫兒女的住校生活，有出乎意料的觀感，既感覺欣慰，也感覺世事與一代接一代的世人有如長江的波浪，一波催一波的前進。並連想到，父母之於子女固然應善盡周全的教導與愛護；但也不宜過分，以致使子女養成依賴性變成永遠也長不大的大孩子。

一九八八春寫於加州

善意與壓力

老友淑芬是個愛整潔、做事勤快的人，她的家經常是窗明几淨空間寬敞，使人一入室就有心怡舒泰之感。她夫婦退休後一同來美國隨幾個子女定居海外。

最近正巧她從么兒家「雲遊」到附近她次子家。我與她得有機會晤面。閒談中說起做家事，她說：

「我最不習慣洗碗槽中堆留著用過的盤碗，每看到就忍不住把它洗乾淨。在兒子或是女兒家住的時候都是如此。

「可是每次清洗的時候，心裏又不免氣憤，想著養兒育女辛苦半輩子，老來還需站在廚房做善後工作，覺得我這個作婆婆的還要倒轉來伺候媳婦，眞是寃枉，……」

我問她，那麼在女兒家洗碗又是甚麼感覺哩？

她說：「奇怪，在女兒家洗碗，就沒有氣，因爲想著是在幫我女兒，減少她的辛勞。」

我不禁哈哈笑起來說：「那麼，妳下次在兒子家洗碗時，就只當它是在女兒家好了，就可以免得生氣了！」

看起來淑芬還是滿腦子的頑固思想。媳婦，不也是她自己媽媽心愛的女兒，別人家的女兒來到自己家作兒媳婦，做婆婆的也應當把她當自己女兒般看顧才是。

說起洗碗，使我連想到好多關於家庭中洗碗的瑣事。

某次我到女兒家小住，第二天清晨起來，看見廚房收拾得桌淨灶潔，全不是昨夜盤碗狼藉的樣子。女兒起來時，我正誇她勤快，她卻告狀說是女婿早起對她指責：「妳也不早點起來收拾廚房，妳看累媽媽一早把廚房收拾得這麼乾淨。因爲他不曉得是我昨晚睡覺以前收拾的。」

我聽了女兒喜劇般的訴說寃枉被指責，在笑語氣息中，同時，我突然有所警觸——想到因爲我平時常喜歡收拾整理，所以女婿才會誤以爲這次又是我的功勞。而我這樣善意的幫忙，會不會反而讓女兒感覺到，是一種壓力？假如我不在此小住，也許她沒有這樣勤快；餐後也許因爲太乏累，就任碗盤狼藉的留在那裏，等積多一點才刷洗？但，因爲母親來了，避免讓母親勞動，所以才趕著把它收拾妥當。

由以上的揣測，也就連想到「如果做婆婆的太勤快，可能也會使做媳婦的感到一種無形的壓力。」進一步更連想到，做長輩的善意幫忙做家事，宜恰當與適可而止，才不致產生相反的效果。

有位老太太曾對我訴說過，她到兒子家小住時，餐後她預備清洗水槽中的碗盤，兒媳立卽制止說：「請不必洗，我們做家事是有我們的程序。」婆婆說：我現在沒事，可以幫忙洗洗嘛！兒媳卻以不領情的神態說：「妳還不是因爲心痛兒子！」因爲一向都是老太太的兒子洗碗。這也是原本「善意」反而引起不愉快氣氛的一例。

事實上，每家有每家的生活習慣，雖親如直系親屬，在偶然加入對方家庭與相處時，都宜注意到自己付出的「善意」是否恰當，以免反生誤會而引起不愉快。

寫於加州

慈暉

母親如果仍在世，將是百齡出頭的老人。但我對母親的懷念，並沒有因仙逝已數十寒暑而趨淡薄與模糊，反而是隨著自己年齡的增長與生活的體驗，而更增進了對母親個性的了解和對母親的思念。

從我幼小時，就體會出母親在家庭中的地位特殊；因為我有兩位母親，一位是嫡母一位是生母。嫡母生有一男二女，生母有兩兒兩女；我是此兩女中的一個，我下面還有一妹一弟。所有子女們稱我嫡母「阿嬤（音ㄇㄟ—客家話母親之意）」，兄姐們稱我生母「細娘」，而我與弟妹則稱生母「媽媽」。

從我自幼至長，母親絕少對我兄妹們提起過她的身世與娘家情況。我只是從長輩們無心的話語中約略知，在當年清末時代父親由美卸任駐外公使返國後，前往廣西桂林創辦農林試驗場，因我嫡母仍居粵東原鄉，父親為需人照料日常生活而在當地娶了一位小戶人家之女為側室，她也就是我的生母。側室在往昔一般大家庭中的地位僅如家務管理，需帶領著女佣人操做各種家事。

民國後，父親攜眷往北京就任參議院議員後，我家就在北京定居下來；我與弟妹先後在北京出世。當時住在西城宣武門內國會街附近的一座大宅子裏，家中常有由原鄉來北京讀書的父親的姪輩們寄居我家。每逢週末更是常有同鄉親友晚輩來我家便飯，經常是坐滿一大圓桌大人，小孩子需另外吃飯。母親則比平時更忙，需親自去採買和親自下廚，烹調一些家鄉菜以饗這些遠離家鄉的子姪們，藉打牙祭以慰彼等的鄉愁。凡是常來我家作客的同鄉親友無不稱讚母親做的菜餚佳點美味可口，甚至連口味頗刁好挑剔的異母姐姐們，也十分欣賞而常攛掇母親做各式家鄉菜點以飽口福。例如糟汁氽羊肉，炒牛肱胱、炒豬大腸、祕豬蹄、炒鷄酒、芋頭或是蘿蔔糕、脆魚丸等等，至今想起仍覺口角留香令人難忘。

母親雖未正式入過學校，識字不多，但她的記憶力極強，家中事無巨細以及採買銀錢帳目等，她都能記得一清二楚，所收置的物件雖經年累月也可手到取來，從沒有找不到這樣忘掉那樣的事發生。她不但對烹調有專長可以做出整桌的酒席，對針黹、編織、車綉等手藝也都很精巧。當時在北伐以前，一般小女孩都是穿中國式的衫褲，但母親常爲我縫製西式的衣衫還加上縲絲紗花邊。多天則爲我們鉤織西式的毛線帽、披肩式的大圍巾等，上面還用不同顏色的毛線織出花樣與花邊。穿戴起來顯得很新穎很別致；大人們看了讚不絕口，小朋友更是羡慕。在當時我只懂得穿了足以炫耀而沾沾自喜甚是得意；卻不知思索，母親每天處於人眾又繁忙的家事中，還特意擠出時間爲子女們做這些別出心裁新式樣的衣物，是需付出多少精神勞力和對子女的無比愛心。遇到我習寫「紅模字」時，有時媽媽也抽去一兩張，像描花樣兒般，用毛筆端端正正的「上大人孔乙己……」的描寫一頁。我讀「人手足刀尺……」課本時，媽媽有時比我還記得清楚；她的確是一位精力充沛學習心很強的人。

母親性情和平心地開朗，在家庭中雖然有時不免受到委屈和受壓制甚至受頤指氣使，但我從未聽她抱怨過一句，也從未在背地向她的子女說長道短訴委屈。反而是在小小年紀就已體會出地位不同，已懂得察言觀色的我，有時不免因別人的態度或是重言語而爲母親不平，但生性木訥的我，也只是會自己在暗中生悶氣，不懂得對母親說些慰藉的話；何況我更是人小沒有發言的權力。

我九歲時不幸父親年老病逝，母親哭得很悲慟。我深記得身穿重孝頭戴孝巾的母親，邊慟哭邊咽訴：「孩子都還這麼小，往後的寒酸日子怎麼過……」我與妹妹俯倚在母親膝前，淚眼哽咽的只會舉起小手爲母親抹去流不停的眼淚，卻不能體會出母親的傷慟——良人逝世遽失倚靠，一個才四十歲的寡居婦人需負起撫育四個稚齡子的重任，當時么弟僅有四歲；何況是處身側室的地位，往後要有如何艱辛坎坷的人生道路需她去闖。

在父親逝世的前兩年，嫡母卽已返回粵東原鄉去料理田地事務。父親逝世後，由異母的長兄帶領我母親與年幼弟妹扶柩返原籍安葬，留下我與同母的小哥寄居在異母的二姐與姐丈的家中，爲的是繼續在北京讀書。我雖不願離開母親，但大人們的決定我是無由反抗，好像我們命運是掌握在別人的手中一般。父逝母又遠離，寄人籬下的生活並不愉快舒適。幸好在我十三歲時，母親帶著小妹么弟再來已改稱北平的故都。

最初兩年仍與異母的二姐一家同住在屬於父親名下的原有大宅子裏，仍過著仰人鼻息的歲月，一切錢財用項都仍控制在二姐夫婦手裏。記得母親初回來時，家裏原有的老佣人，自動改口稱我母親「老太太」，原先是稱「姨太太」。竟被二姐叱責：「怎麼可以稱老太太，把仍住在廣東的老太太安放在哪裏！」硬令佣人改稱我媽「二老太」。我內心十分反感，但不敢說甚麼，暗地獨自很生了一段時間氣。後來逐漸氣消而意紓，是因母親一向對人誠懇親切，樂於助人。左鄰右舍甚至一條胡同的人，遇見了我媽，都親切的叫她老太太並定都寒暄兩句，甚至鄰里的少女還要拜我母親為乾媽，而我二姐在鄰里中卻沒有這樣好的人緣，與人對面有如不相識，誰也不理誰。

母親較愉快的歲月，是後來二姐一家搬出了大宅，長兄嫂一家也一宅分兩院的分炊自理。母親帶領我們兄妹四人，過已分家可以自主的安樂日子。轉瞬已是對日抗戰初起，親友們先後紛紛離平南返；小哥結婚後即往後方服務，我也因結婚，外子工作在津而遷居天津；只能偶爾返北平探望母親。這時我因初為人母，在艱辛撫育嬰孩下，方體會到母親當年撫育吾等的辛勞，而引發對親恩的回饋。不幸的是，當時母親雖年僅半百，但一向身體健壯的她，卻患了脾臟不明原由的重症，曾兩次大量吐血，住入北平協和醫院治療。我在津採購了全套衣料，返平請裁縫縫製了棉裌單全套的壽衣，爲的是給母親沖喜，願她老人家及早康復。不幸在第三次發病送院後僅兩日卽仙逝，享年五十三歲。

當時弟妹仍在讀高初中，我也僅不過二十二歲又無近親在平，遭遇這種傷慟大事，悲痛中眞不知應如何料理。

當時外子由津趕來平，協助辦理喪葬大事，將母親靈柩安葬在北平近南城根的廣東新義園。民國三十六年外子工作調往臺灣，全家隨後也遷往。本以爲住兩三年卽可調返，不料大陸變色，此後卽兩岸消息斷絕。好不容易盼到了鐵幕略爲開放，急不待的與小哥兩人由僑居地美國回歸大陸，探望久留大陸的小妹與么弟，及準備往母親墓前祭掃。手足四人分離近四十年，當年分手時仍都正青春，如今卻都已兩鬢飛霜。相擁痛哭細述別後情況，才知位在北京南城一帶的幾處義園早不存在。原址被「中共」徵用改建工場。在改建之初，通知各墓主去遷移改葬，但那時小妹夫婦均被屈囚在監獄中，小弟遠在雲南也被誣爲通敵打入監牢；無人能往遷葬，最後是怎樣處理亦無人知曉。聽了令人心碎默然淚下，無語問蒼天，一心歸來欲彌補久失拜掃之罪，卻找不到母親葬身之處。不過，媽媽！不論您仍有無遺骨在人間，已不重要，因爲您是永遠的活在女兒的心上，長憶在心頭。女兒自幼個性剛毅木訥，直到年近半百才漸漸修養到似您的心胸開闊，雖有委屈亦不計怨尤，誠懇親切和善的與人相處。雖然在您膝前僅有二十寒暑，但您對女兒的影響力是愈老愈深，使我逐漸趨向與您一般的個性，凡事不懼艱難坎坷，務盡己力朝向光明與美好的目標邁進。

一九八八年寫於加州

非主亦非客

「自從來到這個人人嚮往，認爲是最進步最繁榮最自由的美國；半年住下來，在兒子或女兒家固然享有親子團聚的樂趣，但總與在自己原來的老窩不同。生活在兒女們的家，總覺不那麼自在，常感覺自己的身分怪怪的，既不是主人也不是客人……」

讀了朋友筠的這封來信，不由使我連想起，曾聽到過好多位在國外與子女們同住的老人家，都有過這種類似的言語，顯示出在子女家定居，內心的不愉快。

細爲這種情況分析一下，當子女少小在家中依父母生活的時候，這個家庭是以父母爲主宰；子女需仰仗父母的撫育教導，這個「家」是子女出生成長的家，子女理所當然的是家中的一分子，而且順理成章的依靠和順從父母而生活，直到長成結婚娶妻。如果仍舊與父母同住，這個「家」在傳統上仍然是父母的家，父母仍然是家的主宰。兒媳是新加入的一分子，她隨著丈夫住在公婆的家中，一切生活習慣仍按著傳統法則行事。而翁姑與新媳婦的情感，也將順其自然的培養起來，終至融融洽洽成爲「一家人」。

但如果是子女負笈海外，學成後在海外結婚成家；這個「家」當然是以小夫妻爲主宰，一切生活習慣是由兩人互相遷就而形成一種新的方式，與各自原有的，來自各自父母家庭的生活習性一定會有不同；而且這其間還摻雜有必需與當地的生活環境相配合的原則與關係。

當作父母的遠由國內來到定居海外的兒子或女兒家中小住或是定居的時候，若懷著「一切依舊，與往常子女在家中時，相同的傳統生活習慣」，一定會因爲種種的差異而感到不順心與感到煩惱和不愉快。

假如能諒解和想到，這種來海外與已成家的子或女同住的情形，一如，一個「新分子」突然摻入了這個原本是以子與媳或是女與女婿爲主宰的「家」。雖然兩代之間是直系親屬，子或女的家也可算是父母的家，但它究竟不是由自己手創的「家」，所以在一些生活習性和日常行事上，就不免有使做父母的有失去主宰「非主亦非客」的感喟。

不過有些事的看法和感觸是因人而異的，就以「非主亦非客」來說；若把它視爲「亦主亦客」來看，豈不是改觀與向好的方面發展？試想想，在這個家庭中自己有最高的身分，雖然「大權旁落」，但家庭中如有什麼痲煩困難事件，卻有下一代的人處理和支撐，自己不必操太多的心。家中一些不必傷腦筋的事，自己可擇善處理。因爲有較多的空暇時間，可幫子或女把他們無暇顧及的家務瑣事整理得妥善。以往自己有工作無暇做的事，正好利用居於子女家中的時間來培養優良的閒情與改善環境的逸趣。這就是「亦主」的身分之樂。但在「亦主」的身分中，卻不可忘記另一半的「亦客」身分。在亦主的做爲行事中，勿妨礙或破壞到這個家庭中的氣氛。

爲長輩者，若能以諒解和樂觀的心境來處理「亦主亦客」的身分，定可減少兩代之間的衝突，而維持家庭的和樂。

寫於加州

寂寞黃昏後

初看到他，是我遷入這棟住有百餘戶老人公寓的第三天。在公寓大樓門前的行人道上，從他背後看到挺直瘦高的身軀，合身的深色舊西裝，戴一頂紳士型呢帽，手持拐杖，步履緩慢的走向大門。公寓的大玻璃門很厚重，年老力弱的人要拉開這扇門是件費力的事。我加速腳步越過他身前，舉起鑰匙回首向他說：「我來爲你先開門！」

這時方看清他是位膚色黑黃、神態欠健康，似有六、七十歲的瘦弱老人。

乘電梯上樓時，發現他與我住同一層樓，而且是近鄰。

因爲住同一層樓的緣故，一年來，進出大樓時不免相遇；有時在同層樓的甬道上，有時是電梯裏，有時是進門時；看到他獨坐在門內大廳的沙發上，臉向着大玻璃窗，默默的觀望著樓外街景。因爲同樓住戶甚多，白、黑、黃種膚色都有，大家不甚熟悉，甚少互相招呼，與這位同一層樓近鄰黑老人相遇時，也僅限於頷首微笑或是天氣如何的口頭應酬話。不過在內心中，總覺得這個黑老人，氣質上與一般黑人不盡相同；他沉默寡言笑，不浮躁，不誇張動作，文質彬彬的，很像是個退休的老教授。

某日電梯中不知被什麼人吐得一灘狼藉，聽說是什麼人喝醉酒的結果。經人清理後，也就對這件事淡忘了。

有一天，正在房內欣賞電視節目，突嗅到一股食物燒焦的氣味，想必是誰家忘了火爐上的東西而燒焦了。這種事在老人公寓中時有發生；因爲上了年紀的人善忘，嗅到焦味才想起關熄爐火。但是過了片刻，焦糊氣味不但未滅反而更濃，不免打開房門觀望。但見左右鄰和對門的住戶也都紛紛開門探問。同時已有人電話通知樓下管理員，管理員提著滅火器立即上樓來查看。大家猜測焦味是來自那位黑叟的房間。

管理員拍打房門叫他開門，但聽他在房中大吼：

「滾開、滾開！」

管理員用鑰匙打開房門，立見一股烏黑濃煙從房內衝出，走廊上霎時烏煙瀰漫如陷入黑霧陣中。但聽得管理員邊叱責邊滅火，發出「ㄘㄘ」的聲響。

不知他是在火上烤煮何物？竟弄得如此滿屋黑煙。他人陷黑煙霧中何不驚懼？何不向外逃避？聽說是喝醉了，但酒醉的人也懂得逃避煙與火啊！他難道是醉得已不省人事？但又何以會在別人拍打房門時大叫「滾開」！

自從發生這件事後，我對這位黑老人的觀念大大改變；原來對他那文質彬彬、沉默寡言、踽踽蹣跚、孤獨憔悴老相的情況寄予無限同情與憐憫。現在變爲對他難有同情心，尤其有時在甬道上見他步履不穩東撞西扶，強自裝成未醉的掙扎而行的樣子，心中不免有反感。此後也甚少自動與他打招呼，視他爲甘入醉鄉的惹厭人物。

一日中午外出歸來，見樓前停有一輛救火車，和一輛救護車，這兩種車在公寓大樓前出現，不是稀奇事，因爲一年中難免有幾次救護車來載居於此樓突然發病的老人，送往醫院急救；而發生有驚無險小火警，救火車應召而來的事，也曾發生數次。一年來，對這兩種車我已是見怪不怪，照常緩步的登上電梯。

走出電梯門遙見走廊那端，黑老人的門外站立有三位穿制服的警察，使我悚然一驚：難道他，又在玩火？還是又喝醉了在鬧事？

加快腳步走向前，但見黑老人的房門虛掩，門外的三個警察不聲不響一臉嚴肅。我問：「這裏發生甚麼事？」但無一人作答，只是搖手似囑我離開。

懷著滿腹疑問回到自己房中。過片刻仍放心不下，又開門探看，只見警察已離去，黑老人的房門也已關閉。乘電梯再下樓想一探究竟，但見救火車已不在，救護車正緩緩駛離大樓。有兩位住同層樓的人坐在沙發上。向她們探問發生何事？黑老嫗神情黯然的說：「走了，他已經走了！」這才明白，黑老人與這個世界已是永別了。

這意外的消息像是突聞迅雷將我震呆，怎麼可能呢？昨天還見到他那瘦高的背影踽踽蹣跚的在樓內甬道走動。霎時間，他那憔悴的面貌、孤寂的眼神、沉默的容態、不穩的步伐一一閃入我的記憶；同時有股強烈的歉疚湧上心頭。我實不該對一個孤寂病懨的老人存有厭惡之心，尤其是聽黑老婦說他患有肝病，自知不久於人世。

他的酗酒是爲沉入醉鄉忘卻重疾嗎？是爲減低疾病痛苦嗎？他的自陷入濃煙霧中，是想及早脫離苦海嗎？他的家人呢？他的朋友呢？爲何經常見他獨坐獨行？有誰在他生前能分擔他的痛苦？有誰能聽他傾訴他的愁腸哀傷？

想必他也是受過良好教育和作過一番事業的人，不然怎有那種文質彬彬的氣質？但到頭來，只有孤獨居住在公寓中，獨自與重症作頑抗，常與酒爲伍，以麻醉愁腸與心傷。

一日的陽光，朝陽是美好的，日正當中是燦爛的；黃昏後的夕陽是黯淡的淒涼的，但人生除非夭折，誰又能不度過這段時光？

寄自加州

薰風與北風

人生數十寒暑中，相處最長久的莫過於夫妻，人生關係至近的也莫過於夫妻。因爲不論父母或是子女，雖然與自己關係密切，但一生中在一起共同生活的時間，都不可能有像夫妻相守，那麼長久的歲月。

俗說「少年夫妻、老來伴」。如果一對夫妻能夠恩愛不渝，到老年時仍是互相關懷互相照顧互相扶持，談話時平和切磋，行動時同出同入，生活的氣氛永遠如浴薰風中，該是多麼幸福與令人豔羨。

但也有的夫妻不是這種情形，在相處半生中，經常意見相左，因而勃谿時生，使家庭不得安寧。甚至因爲過多的齟齬而演變成形同陌路，夫妻間常整日甚至數日不交一言。

如果說是夫妻都年紀輕，年輕人好強好勝、喜歡得理不讓人。遇意見不同時，難免頂嘴鬥氣。但上了年紀的人，所經歷的世事已是太多，性情應已經磨鍊得趨向圓滑，對事物也都看得開看得淡了。遇事應不致總是固執己見，何況夫妻之間所發生的意見相左的事，多半都是家庭中的瑣碎小事；誰讓誰一些，誰遷就誰一點又有何妨！

從很少見到東方人的美國小城市，來到這五方雜處近港口的大都市，乍見許多東方人的面孔，雖都是陌生人，但卻有似曾相識的喜悅，在作客小佇間，也聆聞和目睹了一些新現象。

一些從國內退休後來海外定居的老年人，夫唱婦隨鶼鶼鰈鰈的固然不少，但同居一個屋簷下卻整日不交一言，從不同出同入；或是你獨自去住老人公寓，我在幾個子女家打游擊。或是你隨兒子住我跟女兒居。老夫婦之間各種生活的情形都有。

有位朋友，把那同住在一個屋簷下，夫妻二人卻整日不交談，行動也如同孤雁，從不成雙的夫婦，戲稱爲「北風」因爲「北」字像是「永遠背對背」也。聽來固然是有點幽默，但是如果終年處身在冰霜覆蓋寒飊飊的北風裏，那種氣氛和日子會好過嗎？

已踱入了退休之年，半輩子都過去了，還再爭甚麼意氣優勝長短。何不互相從內心發動些溫暖，化勃谿爲體貼，使未來的歲月，由嚴冬轉爲仲春，以補償過去遺失的燕婉；讓夫妻老來餘年中，充滿了琴瑟合諧的情愫；薰風和煦裏白首偕老益壽延年。

寫於加州

音容宛在憶慈顏

母親是一位心地善良經常和顏悅色，喜歡助人作事任勞任怨很少與人計較，不亂發怨言的人。街坊鄰里無論老少都喜歡與她老人家親切寒暄互相照顧有如家人。遺憾的是，我沒能遺傳和學習到像母親這樣的好性格，我自幼至長就是個不善言辭性情固執的人。

母親除了性情好之外，對學習各種事物也很努力與認眞。她能燒得一手好菜，對毛線鉤與織，車繡錦屏及各種床單枕套桌布，以及家人衣履等活計都很拿手。我最歡喜是每年入冬以後，母親卽開始做各種臘味。當時我家寄寓北平，那時在北方根本買不到廣東風味的食品，一切家鄉風味的燒臘食品都靠自家製作。例如臘牛肉乾、豬肝、臘腸、風雞和臘鴨等。進入臘月有時還自己釀糯米酒，用大缸做工具，做出一瓶瓶的甜酒以備歲末祭祀和新春自飲與待客之用。接近歲暮，家中忙年的氣氛更濃，開始浸米磨米漿準備做年糕蘿蔔糕以及各種炸食。例如炸芋蝦、炸煎堆、炸馓子、排杈兒和豆沙角等等甜與鹹的各種茶食。幾十年前的社會不像現今，想吃甚麼隨時都可以買到，在那個時候，許多消閒的和應節的食品都需家庭自製。

不論做那一種食品，都是我們這些孩子們最興奮最歡迎的事。跟在母親及傭人之間穿梭，名爲幫忙，實際反是被母親視爲礙手礙腳。不過有些不需細工的活，我也當眞的可以幫幫手：例如往漏斗中添肉幫母親灌香腸，或是磨米漿時，我可以把浸過帶有水的米，一勺勺的舀起倒進那個被推轉動的石磨洞洞裏。眼看著濃濃的白色米漿由巨大的石磨盤的流口，連續往下流到承接米漿的水桶裏，會感覺看到了工作成果的快樂。寒冬臘月在戶外晾臘牛肉，是件辛苦的工作，整桶醃好調味的牛肉或是豬肝，在滴水成冰的天氣下，把濕答答冰冷冷的大片肉或肝，用S鈎鈎好掛晾在繩子上，沒掛幾片，手指就已凍僵。常是不情願的很想放下開溜，但看母親一邊對僵硬的手指哈熱氣，一邊不停的繼續努力，就不得不強忍著冰凍之苦再接再勵；何況當這些冰冷的肉片變爲成品時，都是我最愛吃的食物。

母親不常對我們說教，也很少嚴辭厲色的訓叱我們；但她的行事爲人卽是我們作子女的最好榜樣，母親做事勤奮而且要做就極力去把它做好，以求達到眞善美的境界。能自己做的就盡力自己去完成而不輕易去求人。這方面我深受母親身教的影響；也有喜歡獨攬工作由自己一手完成的興趣與性格。

母親既不吸煙也不喜歡玩牌，平時消遣是與鄰舍談談天，偶爾去聽聽京戲。唯一的興致，可能卽是偶爾在飯前斟一小盅自釀的色如琥珀般的甜糯米酒，啜一小口酒品嘗些自製的小菜或是臘味。在獨自淺酌品嘗間可能卽是母親覺得最有風味的享受。我不了解母親是否有時會感到寂寥，因爲從她言語中和表現上，我從沒有發覺過。那時正是抗戰時期，母親已是半百之人，父親已故去多年，我們手足四人，哥哥在後方抗戰區工作，我已結婚離家，家中只剩弟妹二人陪伴母親。

母親一向身體健壯，雖年已半百仍被親友譽爲健如鐵人。但不幸的是年過五十後，突患不明緣由的重症。首次發病時，弟妹均在學校，母親獨自午餐。聽老佣人說：「吃飯的時候，老太太興致挺好的，自己斟了一小盅酒就著臘豬肝吃。吃完飯我收拾碗筷去廚房，我才吃完一碗飯就聽老太太大喊叫我，我趕忙跑到上房就見老太扶著桌子坐著，一臉煞白，地上有兩灘鮮血。」

當我接到告急電話帶著醫生趕到時，看到母親神志很清，只是滿臉驚嚇過度和有點萎弱的樣子。醫生爲母親注射了一針並建議趕快送醫院急診。擡著母親越過地上的血汙，那兩灘鮮紅的血漬夾雜著殘碎的白飯和未嚼碎的褐色臘豬肝碎粒的情景深印我心。從那時起以至於今，我對原本十分喜好的臘豬肝就視爲厭惡之物再也不願看見更別說入口。甚至一提到它就有一股傷痛與厭懼襲上心頭。

從母親首次發病，住院治療返家休養，其後的三年之中，又曾復發兩次，每次都是人好好的，在毫無預兆下就突然的大口嘔血。雖經當時的著名醫院的內外科全部醫生會診與研究甚至動過剖腹手術，也未能找出正確的病原。只是暫斷爲因脾臟腫大與其他器官相黏結，經一段時間卽會引起血管破裂大量出血。這種使人無法防禦令人終日生活在不知何時就會爆發嘔血的恐慌中，那一段的歲月可說是令人度日如年而又憂心忡忡。在第三次暴發時，較前兩次更嚴重以至未能救還，母親終於在子女的哀聲哭喚中離開了人世。我們兄妹雖在幼年即失去了父親，但仍有慈母的愛護與關注，如今我才成年弟妹還年少，又失去了慈母，而變成無父無母的孤兒，再難期望有親心的關懷與關注，誰能像自己的母親一樣來關心疼愛我們呢！

悲切切慘戚戚的在母親停靈的靈堂，下跪叩首擡起頭仰望母親的放大遺照，猛然間被遺照兩旁的輓聯刺入心深，那白底上用漆藍墨水寫的是「音容宛在．神氣長存」，它是像利刃般深深刺痛我心，啊！「宛在、長存」望著那燭影搖曳香煙繚繞後面的母親遺容，如今而且是此後，我將只能從記憶中去回想母親的音容，從回憶中去搜索母親平日的神態；雖只是一棺之隔，但已是幽明異路人天永隔，再也不能聽到母親的呼喚，再也無法看到母親的慈顏，恨不得跪在靈前嚎啕大哭以紓內心的哀慟。如今雖已過了數十年，但當年被那「宛在、長存」深刺我心的哀痛感覺仍不能稍減。

一九八八寫於母親節前

宰相肚子與鐵胃

有一對朋友夫婦，四五年前在國內退休，因爲子女都在國外，二老時常思念定居海外的子女兒孫，於是就結束了國內的家，雙雙來海外打算全家團聚安享天倫之樂。

但子女們都已各自成家而且分住在不同的州，何況每家又都有了幼小的第三代。平時需上班工作和料理家事，難有時間拖家帶小來與父母團聚。所以只有由二老輪流在各子女家住。於是這對父母就成了有數窟可安身的狡兎，不時的轉換住處。

這對老夫婦的個性都很隨和，在朋友之間，都認爲他們是一對好脾氣的人；而且平時又都很勤快，不是飯來伸手茶來張口，甚麼都需別人侍候的那種自我爲尊的人。所以幾年來在各子女家住得相安無事，少有與子女媳婿不和的傳聞。

前兩天正巧遇到來這附近，他們小兒子家小住的這對老夫婦。我與這位老太太，老友相逢暢敍別情下，曾頻頻稱讚他家子女媳婿的孝道。

這位老太太聽了卽哈哈的笑起來。她說：「妳可知道這年頭與子女同住『依親生活』的實際情況？幾年來，我已修行得有個宰相肚子和修練出一個鐵胃！」

由她玩笑般的描述中，得以了解，任何一個家庭中，不論每個人的性情如何，在長年累月相處裏都不免有意見不合的事件發生。若是相對的兩方先已有成見在心，例如婆媳或岳婿之間，先即有生分，不是一家人的成見在心，就更容易產生誤解，極容易發生不愉快的情緒；使小事件轉成大事，小不悅變成了怨恨。

我這位老友，她是以「忍」爲先，常以「不要和不懂事的年輕人去計較」來爲自己化解氣悶。有「宰相肚內好撐船」的雅量，不愉快的結自行化解。俗說「一個巴掌拍不響」，何況自己是長輩，長輩不去多挑眼多指責，做晚輩的也就不會時時有「這個老人家眞難伺候」的感覺。大家都能常掛著笑容多噓寒問暖多關懷對方；遇不愉快事情忍一忍，也就一家平安無事了。

她對「鐵胃」的解釋，是指狡兔雖有數窟，但每個新窟都多了另一半的主宰，一切生活飲食習性，都不見得與在自己老窟的時候相同。在入「窟」隨俗，勿爲子女多添麻煩的原則下，口味上和時間早晚上都不免需要遷就遷就；所以她自嘲是在海外修練了一個「鐵胃」才能隨遇而安。

看她情緒平靜談笑自若的爲自己解嘲的樣子，不由更對她增添一分欽佩，假如做長輩的都能有似我這位朋友的見解，那麼做晚輩的不是有福了！再反過來說，如果做晚輩的遇到長輩不講理爲我至尊的情形。在氣悶不過下，不頂撞回嘴避免爭論，而以「不與老固執多爭論」來爲自己化解怨氣。如此一方緘默下，可使火藥氣息降低，而在對方恢復理智下消除誤解，免傷家庭和氣。

一九八六寫於加州

十年

你走後的一個多星期，我就開始上班了，委頓的站在收銀機前，機械般的接受顧客遞來的帳單和錢幣。

一位六十左右的老婦人，靜靜的站在櫃檯前等待結帳。她默默注視著我無神遲頓的動作。她是在隔壁西藥房工作的售貨員，每天中午都來這裏吃午飯。

她低聲的對我說：「你的悲慟我能了解，因爲我的丈夫已去世十年了！」

她那同情和撫慰的語調，使我深爲感動，同時也因爲她的「十年」兩個字，更是使我驚訝！「十年」是多麼長遠的日子？她是用如何的堅強毅力度過這漫長的時光？

乍失去了你，使我陷入悲傷欲絕的境地。除了哀慟外，一切都成了空白，心想——世界上最珍貴的，都已失去，對這個世界還有什麼依戀！

老婦人口中說出的「十年」兩個字，竟像一柄鋼錘，重重敲在我心坎，並且發出了巨大的震撼。我微擡眼瞼，望著背已微駝，白髮蒼蒼，步履緩慢的踱出了店門，像是反映出一幅，十年後我的影像。

多可怕啊！才六十上下就已如此衰老！十年後，我將變成這種模樣嗎？

「老」並不可怕，因為每個人必定都將步入老年。可怕的是自己的心理，提前走進老境！

失去了你，一個十年已漫長得可怕，何況也許還有兩個十年等待我繼續前往……。我絕不可匍匐著爬行……絕不應自暴自棄。苟延殘喘，任由生命消沉下去。

但要抹去心頭的哀慟和創傷，重新振作起來，又談何容易啊！如今，我畢竟是走過了這漫長的十年，度過了多少「欲言無人共，欲訴無人聆」的孤寂落寞日子。

磨練自己，可使自己趨向堅強；不斷充實自己，尋求有益心身的活動。紙筆書報成了我生活的良伴。終日沒有閒暇，以充填失去你以後的空白！在你十週年忌日，聆到我的心語，諒可欣慰與安心！

一九八五年寫於奧克蘭

衝破五子生涯

一些退休後，由國內來海外依子女生活，或是獨立生活的，上了年紀的老人家們，來到這個人生地疏的土地上，雖然有已成年的子女在身旁，或是住在左近；但自己以往半生多的一切——什麼社會地位、社會關係、朋友圈子……等等，已是「乘風而去」不存在了。在這片生疏的土地上，唯有的感覺和情緒，只是生疏疏情怯怯意茫茫，好像對什麼事都不搭調，都聯接不上一般。

在這種情況下，於是乎才有「五子生涯」的名堂與自嘲。

所謂的五子生涯，即是以前在本專欄裏也談過的「聾子、啞子、瞎子、瘸子和老媽子」，是指既不識不懂不能說番邦話，又不會開車，出門必須別人接送一如缺腿之人，而終日守在家中，只有成日做家事以過日子，有如下女阿巴桑老媽子一般。

不過要改善處境，必須有努力衝破的毅力，因爲處境絕不會自動改善，反而只有愈來愈狹窄，使自己成爲井底蛙，與外界完全隔離。

首先說到「聾啞盲」的問題，在美國各較大的城市，多半都設有「成人學校ADULT SCHOOL」

這種學校中有各類的課程，其中有所謂 E. S. L. 班，全名爲「ENGLISH SECOND LANGUAGE」是專門教授外來移民讀英語的，班級由最低的識ABC起，到高中畢業的程度，共分五、六個班級。可依個人的程度揷班就讀，每週五日每日約三小時，全部免費。

其他有附設在教會或是他種社會機構內，凡是ESL班都是免費，班級一如上述。或是各地的老人活動中心及老人公寓內，也有開設英語補習班的。不妨探詢，就近參加，既可消閒又得增進英語能力，以改善聾啞盲的困難。如果附近無有這類設置，也不妨常和左鄰右舍的當地人練習交談，「亂」話家常，說得不對，對方也會原諒。美國的老年人多半是獨立生活，有的孤單一人，正樂意有人閒扯以消寂寞；也正是外來之人練習番話的好機會。

主要的是，應把自己的生活圈子擴大些，多與外界接觸，多認識一些有益的新朋友；在時間的累積下，會使你在不知不覺中，逐漸的了解和認識了這個原來非常陌生的環境。初來時，那種心怯怯，意茫茫，無所適從的飄浮孤寂感，也將會逐漸的減輕。當你能夠使聾啞盲的困頓逐漸減少時，其他的困擾也就比較容易化解。而對新的生活方式也逐漸恢復了自信，可以重享愉快安然的歲月。

一九八六寫於加州

同窗情

——五十年分散又重逢

人生路途上只能有一個五十年，而我們卻分散了整五十年。想當初分別時，我們都正在花樣的年華，一個個才十七八。一九三五年，步出了北平西城劈材胡同師大女附中的大門，分別邁進了不同的學府，即各自忙另一段的人生。雖然分別時都覺離情依依，但想著來日方長，以後還有的是重相聚的日子。但在繁忙的新生活中，卻各奔各的道路，竟難有再聚一堂的機會。

接下來是大動亂的時代，抗戰與內戰，使人們東分西散顛沛流離。同窗間已是音訊希杳，僅從輾轉傳聞中，獲得一些不知是耶非耶的訊息。移居寶島後，與故鄉同窗如處兩個不同世界，更是音訊斷絕。三四十年的光陰已是匆匆過去，直到近年定居海外，才與一兩個老同學由書信取得聯繫。

今夏有機緣重返北平，想不到竟能與十位當年的同班老友聚晤一堂。想當年全班也不過二十七八個人，在大動亂的幾十年間，她們雖居同地，大家也都互不通音訊；如今因爲我的歸來居然能聯絡到三分之一以上的同學重聚，能不令人興奮喜出望外，歡愉感激之情深印心頭使人長憶。

回想當年大家在學校中六年的朝夕聚首，由十一二歲到十七八歲；初相識時，大家還都是不識天高地厚的黃毛囡，分別時，都已是婷婷玉立的嬌嬌女。這期間風晨雨夕有多少可歌可泣可歡可戀的往事。在那段時期中，我們這一班，可能是全校最活潑最頑皮、也水準最平均，大家最同心、團結力和表現力都最強的一班。

記得每逢寒暑假的前夕，必定有一次全校唯有一班舉行的同樂會，同學每人出一兩毛錢買糖果，裝成一包包雜拌兒；邀請級任和各專任以及教務處訓導處的各位老師蒞臨。師生每人一包，並且安排了許多娛樂節目，師生們邊看邊吃，好精采好熱鬧。

歌喉玉潤珠圓英文咬字正確，綽號「麥唐娜(當時國際間最富盛名的美國電影歌唱女明星)」的錢家駿同學，每次必定高歌一曲。琬如是學馬派鬚生的能手，與後來成爲青衣名票友的容子，穿著白衫黑裙的學生制服，兩個人連唱帶動作，表演得頭頭是道。一身青春氣息的昌厚，少不了要表演一節舞蹈；爲了遮蓋她曬得黑潤的皮膚，臉上胳膊上撲了不少粉，被同學笑她是「掉進麵缸裏了」。

記得，我握著有限的一點公款，在西單的幾家食品店——和蘭、亞北、賓來香，來回比價，買好了雜樣的糖果分裝成一小袋一小袋，爲了師生聯歡。也許是這種「情」重於「食和娛樂」，每年兩次的師生同樂聯歡，使得眾師長，對我們班的印象較其他班深，也使得我們自以爲比較能邀寵，常不免作些標奇立異淘氣頑皮的事。

當時流行後跟有紅線織成寶塔花樣，或是有一塊紅色尖三角形花樣在後跟上的白色長統女襪。我們的制服規定穿純白色長襪，同班的鳳謨故意用大紅布剪兩個尖三角縫補在襪後跟上來上學，她解釋說——家中僅有紅布，只好用它來補。被申斥一頓走出訓導處時，我們圍著她笑成一團。

班上同學都愛玩球，但沒有人能被選入校隊。我們覺得沒面子和不服氣，就自封爲「笑」隊。在球上用墨筆寫上「笑隊」兩個大黑字，下課時就抱著往操場跑。大家嘻嘻哈哈的玩球，全不識「愁」爲何物，眞是名副其實的一羣、青春年少的「笑」隊。

歲月飛逝，年少時的歡樂往事常浮在心頭；原以爲，同窗們海內外分散數十年，又頻經戰亂，大家再無重聚的機會。想不到今朝千里迢迢越洋過海再踏上兒時生長的土地。在那原本是民房疏落、現卻變成住戶樓林立的北平西郊。在某棟樓的某個房屋裏，竟有一羣分別了半個世紀的同學們在等待我。

乍一走進房門，立刻迎上來，一個個看似面貌生疏，語氣卻十分熱絡親切，個個都已兩鬢飛霜的老婦人。雖然同學們一個個容貌已非復當年，但在略一注目間，就從各自的臉上找出了她們當年各自的音容笑貌。當新舊兩個影相重疊一起時，歲月立卽被摒除在一邊；了無痕跡的，大家立卽都又回復到活潑天眞年少的中學時代，笑語喧嘩充滿了全室，每個人都爭著挖掘記憶中當年同窗的趣事；那情景就好像我們仍處在同一間教室裏，大家毫無顧忌比手劃腳的高聲談笑。一個個興奮歡樂忘我的情形神態，看在旁人眼裏，定會覺得——這羣老太太是怎麼了！還沒有吃喝，就個個都似是有了酒意！

難怪那個陸續往桌上捧菜、十七八歲的「小保母」（大陸統稱女佣爲保母），不斷的抿著嘴笑。

使我最感情濃意厚的，是她們還特包了餃子、蒸了八寶飯和包了圓宵。

吃包餃子，是北平習俗「除夕全家吃團圓飯時必有的食品」，八寶飯表示甜甜蜜蜜、尤其是甜在心兒裏，圓宵更是爲慶同學們五十年分散再重圓；而且希望圓圓滾滾的，不斷再有重聚首的日子。

聽著同學們爭著解釋，每樣佳肴特有的含意時，我在滿面笑容連連道謝中，卻感到眼熱熱鼻酸酸，幾乎滴下眼淚，因爲同窗們的誠意和親切之情令我心情激動。但願我們個個都身體健康，活到長命百歲，以後能不斷有重聚首的機會。

寫於加州

高山流水

本報的「家園」版，的確是僑居美國的中國人，最好的消閑解悶的讀物。從家園上的「大家談、天涯若比鄰、拿手菜點與中國食府……」等等專欄園地的各類文章中，不但可以使我國旅居異國土地的老、中、少們，能透露出自己的感懷與心聲，及報導出各人不同的生活經驗；從這些文字中，可讓年紀不同的老中少們，能互增了解，以尋求相處合和融洽歡愉之道，也可使讀者們互相學習到如何是最理想的教育子女與育嬰的方式，以及可以互相學習種蔬菜植花草、和各式中外佳肴美點的烹調法。

年來，在「家園」中也曾讀到不少篇有關我國老少……父母子女……同客居此地，兩代之間的相處如何才能融洽和樂的問題。記得在一個多月前，「家園」曾在同一日刊載出兩篇，一是「大家談」專欄，文題為〈適應〉，一篇是「天涯若比鄰」專欄中，文題為〈越洋電話的關懷〉。〈適應〉文中是談及與教導欲來美國依子女同住生活的年老父母，應如何有心理準備，來到後方能適應。後一篇文中，則是描述在美留學進修的子女，是如何的被仍居國內的父母朝暮關懷與惦念。若不是同日刊出，讀者們閱罷也許無任何反應與感觸，但在同一天同時閱讀了內涵情調似是兩個極端的文章，就不由使人感觸甚多了。但也許該兩文讀者們已不復記憶，現把它扼要略爲重述一下。

那篇署名心源的〈越洋電話的關懷〉，內容是描述三兄妹同在美國求學，他們的父母不因子女們已是成人可以自己照顧自己的年紀，仍然不放心的每週有次越洋電話，從衣食住行樣樣關懷問詢，甚至連「每天早晚要記住刷牙……」在每次電話中都要重囑數遍。而且經常寄包裹及託人帶來的衣食物更是源源不斷，使作者兄妹深爲被父母的關愛圍繞而感幸福。

〈適應〉文中則爲已在美國的或即將赴美依子女同處過生活的父母寫出了七則建議如下：

『㈠不要參與他們的休閒生活圈，應自己有自己的生活環境，最低可待在自己的臥室。因他們勞累一天，該有屬於他們自己輕鬆自由的一面。

㈡不要干涉他們的任何事物，一切由他們作主，甚至金錢的收支一概不宜過問，在自己經濟情形許可下，付給他們自己的生活所需費用。

㈢不要參與管教孫子們，因爲美國的學校教育和家庭規矩，在在都與國內不同。

㈣不要忘記兒子媳婦及孫輩的生日禮物，及過年和聖誕節禮物，同時兒孫們送的禮物一定要表示喜歡和感謝，不要以爲是自己兒孫不必客氣道謝。

㈤自己的事盡量自己解決，不要給他們增加痲煩，萬不得已才要求他們幫助。

㈥盡量利用自己原有的衣物，不要輕易要他們替自己買東西，如果已叫他們代買了東西，也要付清購物費用。若他們認爲給父母買點東西是應該，也就算了。

㈦他們有朋友來訪時，碰面了打個招呼就好了，不要替他們招待客人，更不要參與他們的談論，以免因見解不同而掃人家的興，最好是回到臥室去。

要知道歲月和時代給人的改變，不接受也不行……盡量以自己的能力尋求自己的快樂，享受晚年，隨時面帶和藹的笑容，如此才是被敬愛的老人。』

試看看這七大條的內容倒也不無道理，幸好這是作者在這七則前說：「來美日常生活中如能做到以下數項，就能達到和睦相處，愉快和樂的安享天倫之樂。」

而不是由時代潮流演化成的國人留美兩代相處所崇尚的「家規」。

由此看來，爲父母者，在兒女家中的那間父母所居的斗室，就是他們的生活範圍與天地，最好經常蝸居於內，以防打擾別人。

記得在「家園」上還讀過一篇似這類的文章，內容好像是說，年老國人在美國如與女子同住，最好的相處之道是懂得「隱身術」即是不要因自己的存在而使子女的生活受到影響與干擾。這就比前文說的更難了。前者還可做自我閉禁，後者豈不要先訪異人去學得「隱身大法」，才能在子女家中落得個「可以和樂相處」嗎？

這年頭上了年紀的人，要想享享天倫之樂可眞不易。子女繞膝揮之不去的親切情景，已是久已遠矣。老人們就是心中多寂寞、鬱悶、懊惱、委屈、氣憤，也得如〈適應〉文中所說——「隨時面帶和藹和滿足的笑容」——「如此才是被敬愛的老人」。

我想編輯先生誠是一位有心人，他特將這兩篇文章同時採用而同一日刊出，一在版首一在下段，讓讀者們能同時閱讀，而自行領悟「親情之冷熱」。

父母之關愛子女有如高山之流水無微不至，而子女對父母之關懷又當如何？是十分讚賞父母的懂得自我閉禁？還是更讚賞他們的「隱身大法」？

一九八一秋寫於馬里蘭

媽媽的儀容

讀八月三日本版「海內海外」專欄，文題〈給子女加光采〉的文章，內容有：「美國人視女人打扮化粧是一種基本禮儀，衣冠不得當，或女人面上無『色彩』，就等於生病或沒洗臉一般。——我相信子女都是希望父母的儀表衣著能帶給他們一些光彩，讓他們在同學中不致尷尬。」文中的「是基本禮儀」和「讓孩子不致在同學前感到尷尬」的論調，我非常贊同。但同時也使我想到一些年齡不同的媽媽們，有關「媽媽儀容」的困擾。

女人做了母親後，在自己年齡跟隨歲月增長中，自己的子女也相同的與日月見增長。在年齡不同的子女的心目中，有關自己媽媽的儀容，所希罕所願望的形像也有不同，於是乎，無形中，做媽媽的在這些「適合子女的觀感，與不使他們感到尷尬中」，而有了心理上的困擾。

做小孩子的初進入幼稚園，也就是進入人生中最先的一個較量場；許多年紀相仿的小朋友集合在一起，在各自的學習與外表上，互相有了較量；誰學得快誰每天都穿得整齊乾淨又新穎，連同每天接送上學的媽媽，也在被比較中，誰的媽媽最年輕最漂亮，不但被別的小朋友稱羨，而小朋友自己也覺得很光采。這時期的媽媽們不妨著意打扮，只要不是過分的濃塗艶抹，自己的小子女是不會有何不滿的意見。

這種情況可能維持到孩子們由小學到初中，進入初中後的子女，女孩子們可能對母親的儀容仍維持原樣；但男孩子可能逐漸有了改變，他們希望的媽媽儀容，整潔是首要，漂亮已居其次，太漂亮或是太新潮，反而有點不願接受，甚至有不願同外出同行一路的表現。

到了讀高中和大學的男生，心目中的媽媽儀容，可能是端莊整潔、有學識與風度，而略帶中年的老態，才適合他們心目中的觀感。記得多年前，有一位三十出頭的女友，她有一件看著很美麗動人但並非暴露式的服裝，但穿了一次就不見她再穿，詢問下，她說「我那兒子說太新式了。看他頗有不贊成的表現，我就不想再穿它了。」

昨天，遇到一位多日不見，年紀花甲出頭的女友，乍一見，不覺得我眼前一亮，她那一身合時又明朗的裝扮，加之原來灰白的頭髮也變黑了，很自然美觀的覆在頭上。好似又恢復到我記憶中，她那年輕時的風範與姿容；看起來較上次見，像是年少了十歲。

她說：「我跟老伴搬家了，現在不跟孩子們住了。住長了，人不老都要被環境弄老了。整天家人朋友四鄰『Grandma Grandma！』的叫，我這個老奶奶在兒子媳婦女兒孫兒女們前，也必須像個老奶奶的樣子，行動衣著打扮也都得老奶奶化，不然都不能配合。我是人老心還不老，還要活得年輕點哩！」

聽她這樣快人快語，不覺爲之莞爾，同時也聯想到「媽媽的儀容」爲使子女在同學或朋友前不致感到尷尬——需別邋遢，別太新潮，別太年輕，卻也需要有一番研究哩！

寫於加州

單身家長

友人家居小城，業餘兼經營一間穿四輪鞋的室內溜冰場。週末的白天和晚上各有一場，每場三個半小時，入場劵每人三元二角五分。小城中甚少其他遊樂場所，能有一處場地供青少年兒童們運動玩樂消遣很受歡迎。

一般情形多半是家長開車把孩子送來任他們自己玩耍，到時間再開車來接孩子返家，費用跟看一場電影不相上下，但享樂時間卻幾乎長一倍。孩子不在家頑皮搗亂，家長也可以輕鬆幾小時。或是家長自己也可藉此時間外出消遣。把孩子送到溜冰場玩耍，比請保母來家照顧兒童的費用還要便宜，而且孩子在溜冰場上有較多的玩伴一同嬉戲，比待在家裏有趣而樂於前往。

不過，有的情形卻不是如此，有些孩子是不得已，硬被家長送來的。例如，某日有個七八歲的小女孩，委頓的趴伏在座位上睡覺，始終沒有下場玩耍。管理員看小女孩像是生病的樣子，摸摸她的額頭，果然有些發燒。預備打電話告知她的家長來接她回去。但小女孩說，家裏無人不能來接；她表示，她願意在此休息，等到散場，家人會來接她。

小女孩的一個同班同學——另一個小女孩——卻悄悄的對管理員說，她的媽媽在家，她白天在學校時就生病了，可是她的媽媽硬要送她來；下車時還囑咐她不可以搭別人的車回家，須等她媽媽自己來接她才可以回去。因爲她媽媽的男朋友在她們家裏，不願意有人去打擾。

溜冰場已到關門的時間，來玩的人也都先後離去，這樣寒冷的冬天，不忍心把他們留在場外受凍，但也不能耗燈耗火耗時間的陪著久等，眞是難以處理。

某次，一個十歲左右的小男孩，打烊後將近一個小時，場地已清理完畢卽將鎖門，仍不見家人來接。管理員欲順路送他回家，他說父親不在家，家裏無其他人，家門鎖著他無法進去。結果送他到他所說的一間酒吧，他進去找到了父親；但又怏怏的走了出來，手中握著鑰匙，說是：「爸爸還不要回家，叫我到汽車裏去等著。」

一些類似有這種情形的孩子們，聽起來多半是家庭父母有問題。在現今的社會中，「分居」或是「離婚」已是很普遍的事件；「單身家長」也成了很常聽到的名詞。不過一個家庭中，不論缺少父或母，對孩子來說，都是極大的不幸，它不能算是一個完整的「家」。一般「單身家長」往往因自身的不幸而生活失去了正軌，往往趨向消極沉淪或自暴自棄；處身在沒有正軌生活的家庭中的孩子，對心理上及成長方面，都會受到極大的不良影響。

成爲一個「單身家長」，自身已是十分不幸，但絕不要爲此而更影響到下一代應享有的歡樂與幸福。自已應捨掉過去的不幸，打起精神來爲自已的前途、爲子女的現在與將來而振作，使生活正常與積極。消極沉淪自暴自棄只有毀壞自己，並且使無辜的子女，跟著受摧殘，孩子們生活在不正常、缺少安寧與溫暖的環境中，將會影響到他們的人性的正常發展。作一個單身家長的，不可不注意到此點。

風鈴

是誰說過
那清脆的叮咚聲……
名震遐爾……
振靡起衰……

在那南窗下懸掛起，這古色古香的銅風鈴。當微風輕吹過，響起了若斷若續的叮咚……。不論你是在工作或是休憩中，偶爾聽到那輕輕、清脆、堅實的悅耳風鈴聲，會帶給你一片輕輕淺淺的喜悅，使你感到心境豁達、平靜；那一片憂怨落寞，都跟隨著悠悠的叮咚聲飄遠。展在心葉上的是一片明麗，有如陽春三月的風光。

是啊！人生匆匆，不要為那些過眼雲煙惋惜依戀；應該多向前看，把握住美好的現在和展望光明的未來。

××　　××　　××

客居異邦，又遭折翼之慟；鄉愁與寂寥常使人落寞少歡，久無興致提筆。

今春小住大埠，隨女兒達娜往舊金山州立大學林雲教授「觀氣大法」班聽課。雖因來去匆匆，僅得受課月餘，每週不過一次；但確實受益良多。從林教授教課認眞、忘我之精神，悟出「多關心別人，少注意自己」，由之心境豁然開朗。謹書此短文以誌謝忱。

一九八一初夏寫於田州馬丁

生兒育兒一樣恩

惠英是我來美定居後才認識的朋友，她夫婦均已退休，住在一棟小公寓中。他們有兩兒一女，全都已經結婚。女兒住在東部，大兒子住在南加州，小兒子與他們住同一個城市。他們夫婦倆，一年中常輪流出去；或到東部女兒家小住數週或到南加州兒子處玩玩。不然就是女兒或兒子，夫婦帶著孫兒看祖父母。住同一城的小兒子夫婦，更是時時來父母家走走，每週固定有一兩天，把才三歲、四歲的小孫兒送回來託祖父母照看，下班來接時，往往是吃了晚飯才帶著孩子離去。看他們老少三代親親切切其樂融融的情形，很令人稱羨。

某天，她來我家小坐，閒談中，我稱讚他們一家「上慈下孝」，三代之間頗有天倫之樂。她卻莞爾一笑說，妳也許還不知道，這三個子女都不是我所生。聽了使我大爲驚訝。繼聽她娓娓道來，眞像一篇曲折甚多結構精采的傳奇故事。

當年她夫婦結合時，一對璧人，才貌相當，頗令人羨慕。但她久久不見生育，又正逢時局動盪。已有三四個兒女的大伯，帶著子女逃難時，難以照顧，就把一個女兒交給了弟婦（也就是惠英）代爲照看。顛沛流離中兄弟分散兩地，本想著戰事平定後，即可重返家園，小女兒也可重回父母身邊。那知以後即交通斷絕消息不通，這個女兒跟著叔父母撤退到臺灣。此後叔父母就變成了寄父母。

居住在臺灣以後，雖然生活平靜，但家庭卻不平靜；一向老實的丈夫卻偷偷的有了外遇，甚至生下了兩個兒子，她在無法挽回的情形下，一氣而與丈夫分離，帶著女兒自食其力。

自此，本應是各自相安；誰料「外家」那位，突染重病逝世。撇下了兩個年幼的兒子。在家庭不完整缺少照顧下，漸漸地不學好。當時才入初中的大兒子，不但校中功課一塌糊塗，而且幾乎走上小太保之途，小的一個，也有步上哥哥後塵的趨勢。此時，做丈夫的不斷返回頭來求她帶回兩子，收留照看。她看兩個無娘的孩子實在可憐，若再拖下去，可能無藥可救而毀了他們一生。於是毅然答應負起撫養的責任；夫婦兩人也就此言歸於好。

孩子們從好學壞易，從壞改好難。她費了許多精神與心血，才將兩個男孩逐漸由歧途帶上了正軌。她說，他們能按部就班讀好了書，有個正當職業，成爲一個正常的人，我也就心滿意足了。

聽她說來，好像很簡易。在實際上，要帶大一個小孩子，撫育培養他長大成人，這個過程中，眞是難關重重，稍有疏忽照管不週或管教有偏差，就可能使幼苗受損，使孩子走上歧途。

我深欽佩她的心胸豪闊，不記奪夫之恨，更不因此而恨及子女。她不避艱難，完全爲兩個無辜的孩子著想，毅然肩負起撫育的責任。使兩個在墮落邊緣的孩子，重享到家庭的溫暖，引導他們回歸人生正途。雖然俗說「生兒育兒一樣恩」，對這三個子女來說，撫育之恩實在更勝於生養之恩哩！

寫於加州

布鞋情

近年來，在美國各城市常看到一些西洋男女穿中國式的黑布鞋，這種用黑斜紋布做鞋面，有一根橫絆帶式的，或是懶人鞋式無扣帶的平底布鞋，每雙售價約在四五元左右，既便宜又舒適，難怪有些人喜歡穿。

看到這種中國式的布鞋，不免想到小時候在我國北方，當時一般人都是穿自己家中製做的布鞋。在民國三十年代以前，家庭婦女沒有不會做布鞋的。一個大家庭中，由老到小十幾口人，一年中布鞋的消耗量很可觀；一雙新布鞋最多穿上兩個月就成殘舊磨損可以報銷了。家庭中婦女們的日常女紅針黹，多一半是為家人們做布鞋。

說起做布鞋，程序可不簡單；最先需有的材料是鞋面和隔褙。鞋面易找，凡是做衣裳裁剪剩下的零碎布料，只要够剪出一雙鞋面就可以利用。厚的呢料布料更是做男鞋的適當材料，顏色鮮明的緞與綢，做女鞋最好看。至於隔褙，是把殘舊不能穿的衣服被單等，撕開成一片片，用稀薄如羹的漿糊，把撕開的舊布依大小厚薄，一層層貼平在一塊木板上。做襯鞋面用的只需褚兩層布，做鞋底用的則需三四層布，裱平晒乾就可揭下來備用。

以往在往時，家庭婦女裝針線活的簸籮裏，都存有一疊鞋樣子，一家老小各人腳的大小和各種樣式不同的鞋型樣子，都掌握其中。成年人和老年人的鞋樣尺寸可以固定，兒童青少年的則每做一次都需略爲加大，不然做好拿來穿時，就可能嫌小了。男人的鞋樣較少變化，兒童和婦女們的鞋樣，當年也經常時與出新樣式；誰家有個新鞋樣，少不了要被親友借去描畫下來仿照著做。講究的童鞋和女鞋，還在鞋面上繡花。簡單的花樣可以自己描畫，細緻的則是買來的剪紙花樣，貼在緞子鞋面上，用彩線繡出來。到新年節令或家中有喜慶的時候，大家一身穿戴齊整的齊集一堂，誰的活計細緻誰的花樣精巧，就有的好顯揚與比較了。

納鞋底子是往昔婦女們家常中時不離手的活計，一家姑嫂妯娌坐下來休閒聊天時，就像今人織毛線活一樣，手裏都拿著些小件活計，邊閒話邊做活。鞋底子是用多層隔褙剪出底樣重疊起來，用布包黏好，再用細蔴繩一針針納滿全底，使它成爲堅固耐磨的鞋底。鞋底與已做好成船形的鞋面（又稱鞋幫）縫合的工作稱作「上鞋」，兩隻都上好後就是一雙美觀嶄新的布鞋了。

記得小時候穿布鞋最適合玩的遊戲是踢磚、跳繩、踢毽子。因爲布鞋底不滑，鞋又舒適隨腳而富彈性，玩起以上幾種遊戲最合適。那時專爲我做布鞋的佣人張媽，三十多歲年紀已經守寡，有一兒一女留在鄉間；她長年的在我們家裏，專打理我與妹妹兩個人的身邊瑣事。接送我們上下學，招呼我們衣服冷暖及專爲我倆做一年四季穿的布鞋與棉鞋。

穿新鞋玩跳磚比穿舊鞋好，因為舊鞋穿了較鬆動，新鞋比較包腳彈性也較佳，踢起磚片兒瓦片兒來可以得心應腳。可是玩跳磚也會使新鞋磨損得較快，較易變成舊鞋，所以張媽總是叫我穿舊鞋玩跳磚，但我總偷偷的又換上新鞋到院子裏去玩。有時被張媽看到了，就要聽她一頓數說，嘮叨半天，還用「再不給妳選新鞋樣兒做鞋」的話做威脅。可是玩興高、好勝心重的我，仍然照舊常偷偷穿新鞋去玩踢磚，為的是能贏、能比別人多蓋幾個「家」。

小時候雖然專愛偷著穿新鞋玩耍，我的每雙布鞋雖然穿到破舊，仍然是鞋正幫挺，絕不會有鞋形歪扭、鞋幫後跟踩塌陷，像隻破船一樣，這都是張媽教訓的功勞。張媽對鞋穿得正不正非常注意。她常在我上床後，拿起我床邊的鞋來檢查。她總說：「走路腳要正，就跟人行事要端正一樣；好好的一雙鞋，把鞋幫和後跟踩踏得歪歪扭扭像雙破拖鞋一樣，姑娘家穿著多難看；妳可不許那個樣子，要不，我準不給妳做新鞋穿！」看她每次告誡我時的認眞樣子，我還眞是有點怕她眞會罷工，使我沒有新鞋可換。所以穿鞋走路都加小心，總記著穿得正正妥妥的，閒時不用腳去玩弄踏踩鞋，免得它歪扭走樣。直到我長大結婚時，張媽已頭髮花白仍在母親家佣工。可是那時已不必她為我做布鞋了，因為大家都多半是買現成的布鞋或皮鞋來穿了。

直到如今，我所有的鞋雖穿到舊，仍然保持端端正正不鬆垮、不走樣子；每次穿畢都拂刷收擺好，見鞋跟有磨損偏歪馬上送去修理。每每在我處理自己的鞋時，就不免想起當年老張媽的神態樣子。同時也感激她當年對我的告誡，不然我怎能養成注意和愛護足下的好習慣。

一九八七春寫於馬里蘭

父母心

好友的女兒蘭蘭返臺省親回美後來看望我。問起她父母的近況，她說：「我爸媽身體還好，只是我們姐妹三個都不在身邊，二老經常思念。今年我和二妹約好，同時在暑假由美國回去，看望爸媽；三妹也從高雄上來臺北。那天我們姊妹三個擠在客房——我原來住的那間小屋裏，床上堆著我媽平時逛街陸續爲我們三個買的衣裳。我們三姐妹高矮身材都差不多，三個人拿著各件衣服比來比去。我媽坐在一邊看著我們三個，妳挑我選爭爭讓讓的笑鬧情形，不由『唉』的嘆了口氣說——瞧妳們，這個爭爭選選的，乾脆三個都回來住，像從前一樣三個人都跟著爸媽住在這個家中，多熱鬧、多好！

「我知道我媽是說玩笑話，因爲常想念我們，老懷念以往三姐妹都在家中的熱鬧氣氛。現在我們三姐妹都結婚了，都有了自己的家，還有了幼小的孩子。怎可能像從前一樣，都守在爸媽跟前。若都帶著丈夫孩子全回來，不用住上三天，就會把我爸媽攪擾得煩死！」

聽她絮絮喋喋的講述她返臺母女會的情形，不由使我想到「天下父母心」的奇妙。做父母的那有不疼愛自己兒女的。當子女幼小的時候，做父母的幾乎無時不在盼望他們快快長，快快長大後，做父母的就可以減少一些操心與勞累。可是到兒女都已長大成人後，又恨不得他們仍然像小時候一樣，能夠經常廝守在父母身邊。小時盼望他們速速長，長大了又希望他們恢復少小時候的模樣能長依親前；這不是很奇妙的心理。

我對蘭蘭說：「怎不勸妳爸媽來美國住一陣子，可以多和妳與妳二妹兩家盤桓親熱親熱！」

蘭蘭說：「我爸媽才不愛來美國哩，我媽還好，在兩個女兒家中，每天東摸摸西弄弄，也就可以打發日子，我爸就住得很無聊；我們又都上班，那能天天陪著二老。

「而且我媽媽在我這裏也看不慣，總覺著君誠是大男人主義，不多幫我做家事。所以住不了多久就到我妹妹家去。媽說妹夫比較隨和聽話，較順她心。

「可是妳知道，我妹妹的婆婆卻不是這樣的看法。她老人家就老嫌我妹妹懶，心疼她兒子家事做得太多。」

說來說去，都是「天下父母心」。凡做父母的都特別寵愛自己的兒女，生怕自己兒女吃虧受委屈。這是理所當然的。但遇到子女們小夫妻間的家務事，就不宜去操這麼多的心了。年輕人有年輕人自己的看法與主張，而且一個家庭有一個家庭自己的工作程序與時間的安排。夫妻間的事應由夫妻自己去決定。在他們相安無事之間，就不宜多參加意見。不然可能不但無功無效，反而給他們夫妻之間引起麻煩。

一九八七寄於馬里蘭

自求多福

當你端詳一個人的面貌時，你會發現，有的人眉開容霽、一副安然之態，有的人笑口常開、心無旁掛的樂天派樣子；有的人則是眉結意沉、一副心忡忡的神態。每個人的神情容態，常是他個人心境的寫照。

但是一個人的心境也常可以由自己的觀感行事的轉變，而有所改變。不過也許是「改善」，也許是反而改變惡劣。這就需看，自己是否懂得自求多福了。

有一對母子，我與他家是世交，常相來往。老先生早已逝世，老太太隨子與媳同住臺北。老太太是位初一十五吃齋信佛的人，平時言談很是風趣。某日，他母子來舍下便飯；閒談中，說到某日要去七堵燒香拜佛。兒子笑嘻嘻的說：

「老太太，要小心啊！別把妳口袋裏的錢都拜到尼姑的口袋裏去啊！」

這當然是句玩笑話，但也看出，可能是老太太常有布施做善事，兒子好心提及母親，不要上當受騙。

老太太馬上笑哈哈的說：「你看，我就是前世沒修，所以今世遇上這個不贊成我拜佛的兒子……」引得同座的人都哈哈大笑。

以這樣的神情語氣的對話，毫不損及母子的感情；但也同樣產生了原有的作用——我想，老太太對此後善心布施，定有適當的計畫，而不致盲目。

假如當時，兒子的語氣神態欠輕鬆，有不滿的表現，做母親的聽了可能一肚子不高興，回答也不會如此了。萬一互駁兩句，豈不兩人都怨氣難消，而致全座失歡、破壞了大家愉快的氣氛。

俗云：「人心不同，有如其面。」這可以做「每個人的思想見解，都不盡相同」來解釋。因為每個人有每個人所處的環境和遭遇，每個人的智力學識都不盡相同；他們的思緒與見解自然也不可能完全相同。

主要的是，不要先存敵對之心；譬如以家庭中來說，父母子女是至親肉骨，雖偶有磨擦也不致常記在心而能自然化解。在翁婿婆媳之間關係就比較不同。如果總先存成見，或總認為對方是利己主義，那就很難處得和睦愉快。卽是朋友之間，也是如此。對人能容忍與諒解，及常富有幽默感的人，才容易獲得愉快。

而處身海外異邦，心有憂悶鬱慮時，也宜多與朋友來往敍談，可以一吐為快，不致終日眉結憂悶成疾。而在朋友的勸慰指導協助下，也許能使憂結解開、化戾為祥。重獲愉快的人生。

一九八七於加州

菜場鄉情

三十多年前，由北平初到臺灣寶島，住入臺北西門町昆明街的公家宿舍；那時左鄰右舍的同事都是當地人，外子與我，一句閩南語也聽不懂，幸好他能講一點日語，可以和鄰舍人家交談，我則有如既聾又啞，而且由北方乍來到這個戰後一切極待重建的亞熱帶城市，一切事務都感到新奇與陌生。

最先的社會交往，就是爲解決民生問題的上菜市場，最先認識的社會人士，也就是那些肉販菜販和賣乾貨雜貨店的老闆。互相間雖然言語不通，需用手勢來輔助溝通。但他們不論男女，對我這個初踏光復土地的外省同胞的親善之情，令我深深理會。雖只買少許青菜，也會白送一兩根葱，買半斤豆芽菜，必定送數莖韮菜。炒綠豆芽加幾根青韭，的確可以提高風味。我還是來到臺灣後，由每次的白送，才懂得這種配炒法。

當時西門町一帶的屋宇，普遍的呈現著大戰後的殘敗圮毀現象，每條街上常見有屋已炸平只剩瓦礫堆積的空蕩景象。一些用粗竹蔗板支圍著的破落房舍下，就勉強的開店做生意。那時的蔬菜種類也少得可憐，僅是甕菜、鵝菜、綠豆芽、粗如棒錘的大黃瓜和茭白筍等有限的幾種。像高苣、小黃瓜、洋葱等都是後來漸漸才有的產品。不過最使我這北方來的人，感到新奇的是筍的種類之多與價廉。在平津只有冬天時才能買到一些由南方運去的冬筍，貨既少又昂貴，只有年菜中才捨得添此佳味。自來到臺灣後，就對各式的筍大爲欣賞。菜饌中經常不離此味。

在昆明街住不到一年，遷往新生南路一段鄰近工業專科學校。當時新居的四周多半是稻田，再向東去濟南路三段以東，則像是已到了城外的郊區，空曠的土地上但見些殘圮頹敗的屋基和荒草沒脛的廢墟。

最鄰近的菜市在濟南路二段，雖然名爲菜市，只是十多個集合起來的攤位，上午熱鬧一陣，下午時卽已人去攤空。想不到在新生南路一住二十餘年，這個最早被稱爲幸町菜市的小市場，因爲附近一帶住戶日漸增多，民生需要隨之增廣，原本面積小而簡陋的菜市也逐漸向四周擴展，變成佔了兩三條小巷，增添了不少乾鮮雜貨及日用品店，並且定名爲大安市場。

那時，民國四十年代初期，家中有婆母老少三代六口人，食的消耗雖不是過繁，但那時用冰的冰箱還不普遍，所以每天上一趟菜市是必定的事務；對菜市裏那些肉販菜販的面孔模樣已是非常熟稔。因爲嘗過旣聾又啞的不便，所以極力的練習聽和講閩南語，終至運用自如。言語是溝通情感的橋樑，那時社會上講國語的習慣還不那麼普遍，能夠互相南腔北調的對答一番，彼此之間自然就縮短了距離。尤其我習慣在固定的攤位上買東西，顧主之間更易建立起信用和情感。那位交易了二十多年的肉販高某夫婦，看著他們幼小的孩子，由哺乳而逐漸長大，入小學、升初中……。

那個菜攤上的小夥子王阿本，原不過是十三四歲，跟著他哥哥照顧菜攤。幾年不到，他哥哥退休，他已由打下手的小夥計，升為一攤之主。眼看他精力充沛生意興隆，眼看他新婚燕爾夫婦一同照顧攤位，眼看他初為人父又再添丁，幼兒索乳嬌妻解懷；他已是更勤力更壯實的青年，攤位上一家忙碌中而顯其樂融融。

到了民國五十年以後的菜市場，各蔬菜攤位上已是紅紅綠綠色彩雜陳，各樣新品種的菜蔬推陳出新堆積如山，而且每樣都是水珠淋漓，既鮮且嫩十分引人。

住在新生南路的最後兩年，那時婆母已逝世，三個子女已陸續出國深造，家中僅剩外子與我。最後一年，外子工作調往高雄，我因報社工作一時未能結束，一個人留下來。單人生活，食的方面固然較簡單，但也需採買。時常是上班前，到菜市轉一圈，把買好的各項東西都交給阿本或是賣雜貨的阿蔡，到中午過後，菜場已過了忙碌時間，他們就為我送到家。若時間倉促來不及自己選購，寫一張清單交給其中一人，到時即照單送到家裏，絕不用擔心貨色不佳，他們會先為我選揀留起，而且價錢也絕對合理。

因為家中無人在，他把裝了東西的竹菜筐，隔著街門用繩子繫入門內。報社只上半天班，等我午後歸來時不必再到菜市去取，一切都齊全、貨送到家。這種便利和信用可靠的顧主之間的情誼，使我深記心頭。

外子在高雄工作兩三年即退休，二人來美依子女而定居異邦。飲食上初到美國最使人不習慣的就是蔬菜缺乏，七八年前，在美國東西岸大城市，看到大白菜（黃牙白）即會驚喜如見故人。超級市場中最常見的只是洋葱洋芋洋白菜（包心菜）和長有呎半粗如水管的老芹菜、胡蘿蔔、硬如牛皮的老青椒。不禁使人非常懷念臺北和高雄菜市場中，那些擺滿一攤紅紅綠綠水淋淋的菠菜、玉樹生刺般的小嫩黃瓜——而更非常懷念國內菜市場中，每個攤主與顧客間的那份親切如家人的人情味。

在美國一住七八年，首次返臺北，走過故居新生南路一段，那裏原有的宿舍已拆建成高樓。懷著近鄉情怯的心情，特意走向濟南路一段；街兩邊原來簡陋的平房也都變成了數層高的華麗洋樓。大安菜場更是向上下發展，有樓又有地下市場，完全找不出原來的面目。

原先迎門而設的蔡氏兄弟的乾貨店已不見踪影，踱過幾處攤位，極力用目四下搜尋，突然發現阿本夫婦在前方，仍然守著個菜攤低頭在忙碌。驚喜之下悄悄走向攤前，他夫妻乍擡頭突然發現了我，在一怔間，同時歡呼：「啊！楊太太，幾時登（回）來的？……」十年左右不見，阿本已是體型發胖中年人的姿態，從她妻子面貌體態上，也看出歲月不居的痕跡。

乍重逢，都有說不盡的驚喜，他二人一面忙著照顧生意一面問長問短，經他述來，方知蔡氏兄弟的乾貨店已經易主，肉攤的高氏夫婦還在此市場內做生意。

走在內容方向都陌生的菜場中，找到了曾照顧多年的肉販阿高，他夫婦意外的看見我，也是驚喜非常。他妻子說：「我每次走到你從前住家的門前公車站等車，就禁不住對那改建的高樓望望，心中暗唸，這就是從前楊太太的家……」由她那一口鄉音閩南語娓娓道來，聽著更為感動。話間問起外子。聽說他已病故數年，止不住連連嘆息！使我不禁憶起，當年我家大兒子乘招商局海宿輪赴美求學，中途發生海難棄船，幸而終於獲救脫險的事。當年他夫妻聞聆了這個意外事件，在菜場見到我時，曾極力的安慰，甚至陪我掉眼淚。

像此種種發自內心的情感，出現於平凡疏淺之交的顧客與販商之間，就更顯得珍貴令人長憶。也只有在國內的菜市場中才會出現這種濃郁的人情味，怎能不使旅居海外的遊子，每憶及就更增添對故土的懷念！

一九八三年歲暮寫於田州

好兒不在多

有一天去鄰城探望朋友，她請我到她家附近的老人食堂午餐。落座不久，看到門開處進來兩位老婦人，一位是坐在輪椅上，一位在後面推動。坐輪椅的已是滿頭白髮滿臉褶皺，那位推輪椅的也已頭髮半白像有六十以上的年紀。

朋友看到她倆，忙笑揮手招呼；然後對我說：「這對洋人母女是我的鄰居，老太太已八十多了，女兒也已六十四五歲，母女二人同住。這個女兒可是眞孝順，每天都推著行動不便的媽媽出來走走，透透新鮮空氣。而且每天都是把她母親打扮得漂漂亮亮的，甚至兩個人穿的衣裳也配顏配色的，讓人一看就覺得很亮麗悅目……」

我耳聽著，不由向這兩位洋母女頻多打量；但見她二人果然裝扮得乾淨整理得色彩調和，而且都是描眉塗眼影、唇紅頰緋，耳墜項鍊佩戴得花俏俏的，令人看著覺得精神矍鑠喜洋洋的。又見那女兒落座後，爲媽媽摘下毛線小帽，又拿梳子爲她梳一下翹亂的頭髮。進餐時，頻頻的爲母親遞這樣取那樣，那種流露自然的親切之情，使人看了旣欣賞又羨慕。

一般來說，都認爲西方人較少懂得孝道，兒女長大了都遠走高飛另組家庭。年老父母多半是寂寞的度其餘年，尤其是僅剩單人的老者，生活就更爲孤寂了。看這對洋母女的親切之情，在現今社會中已甚爲少見。可能這位女兒也是孤老一個，不是無子女就是子女已另建新巢。所以兩個年老母女就湊在一起相依爲命續享天倫之樂同出同進了。

友人又對我說——與她同住一棟公寓樓中，有一對年已古稀的老夫婦。這位古稀老太太的母親已九十出頭，與女兒住同一棟樓的另一戶。這位白髮耄耄高齡老婆婆，行動尚稱自如，身邊瑣事起居飲食也還可以自己照顧。但作女兒的必定一天兩三次的到母親家嘘寒問暖，送茶送水飯菜食品過來。經常來陪媽媽聊聊天，帶著媽媽作運動活動筋骨，送媽媽去洗卷頭髮……。那位老婆婆經常都是精神愉快笑容滿面的，穿戴得乾淨俐落，頭髮梳卷得整整齊齊，房間裏也是收拾得清清爽爽的，像個清潔溫暖舒適的小窩。

朋友接著慨嘆說：「俗說『好兒不在多，一個頂十個』，命中有一個像這樣孝順的子女也就足以爲慰安享餘年了！」

我笑對她說：「人言子女是債，孝順的是還債，不孝的是討債。所以子女孝與不孝，順心與否；也就不必過於計較。最主要的還是在於自己要活得樂天知命，不要總往不如意處去想，總是愁眉苦臉的想那些不如意的事；子女即使要孝順，自己也難打起生活情趣與致，那豈不等於浪費天年。」

她也笑搶著說：「對，聽妳說來，活得有興致，心境自然就開朗，不必看別人眼紅，去計較『好兒女』的多寡了。吃完飯一同去『逍遙砰』如何？」

「當然奉陪！」我說。

一九八八寫於馬里蘭

人生七十才開始

當年乍聽到「人生七十才開始」這句話，內心毫無回響。一來是距七十還差著一截，二來是覺得人逾中年，人生的歷程已走過了一大半，這一輩子的生活情況形式也差不多定了型；是發奮成功名重一時，是庸庸碌碌平平凡凡，也都多半是循此向前少有改變。過了花甲以後，人生努力奮鬥的道路似已到了頂端；再往後的日子就到了已應退休頤養天年的歲月，被列入「耆英」之林稱聲「德高望重」已是躊躇滿志，還有何、還需何「才開始」！

春去秋來歲月如梭，待逐步邁進人生的古稀大道後，才逐漸發覺自己的人生是在隨著歲月不斷的改變。首先是子女均已長大遠離膝下自立門戶，半生辛苦工作欣慰創業有成，出有車食有魚近似顯貴榮耀；但歲月不居已到退休之齡。接受歡送而道「拜拜」！以往的成就顯耀風光、親子滿室的歡愉之樂都已「乘風而去」。順隨時潮爲接近在海外就業的子女，老夫婦結束故居生活遠適異邦。

在一切陌生的新環境中，最傷感的是老妻突患重症棄我而先行。剩下孤家寡人住入美名爲

「安老」，出入所見皆是白髮攜杖步履蹣跚老者的住所。重新開始認識新環境、開始結識來自四海不易作深交的新朋友；更需開始學習一切均需自理的新生活。飯來張口、茶來伸手、一呼皆諾、有老伴有子女在身邊的熱鬧歡愉已不再。現在方知煎個蛋、煮碗麵個中都有學問。以往那挑肥擇瘦嫌甜怨鹹呼東喚西，一家至尊的氣概已是消失殆盡，僅剩下對自己料理的伙食不論好歹能塡飽卽意已足。衣綻難縫襪易成單櫥屜零亂，怨不得別人，只怨對家事初學乍練。如果說，人生七十是另一種生活方式才開始，對吾梅叟而言，誰曰不宜！

一九八八春寫於田州

鄉音情

我是在北方生長的南方人。當年，父親由粵東攜眷寄寓北京，在北京作「京官」；所以我出生和成長在那裏。當年在家裏，父母兄姊都講家鄉話，來往的親友在談話時也是以家鄉話爲主。我是在這種一概講家鄉話爲主的家庭中長大，對家鄉話當然全都聽得懂；但卻從小就沒講過一句家鄉話。對父母家人、來往親戚以及四周所有的人，全是使用北京話。

母親雖然教我和逼我學說家鄉話，但是固執的我，就是不肯說。當時在幼小的心靈中，認爲「說北京話多方便多體面韻調又好聽，而且可以到處適用。家鄉話太不好聽，說出來會被人見笑。」所以不論家人們如何逼迫與利誘，我就是不肯講；到我長大成人也沒有運用過自己的家鄉話。

直到遷居臺灣，那時臺灣才光復兩三年。一登上岸，就發生了言語障礙，因爲閩南語一句也聽不懂，而當地人能聽能講國語的人，根本少之又少。自己變成又聾又啞，與左右鄰居相遇只會微笑頷首，一開口，互相都不知何所云。上街購物更需比手劃腳老半天才能溝通。在這種情況下，突然發現奇跡，在當地居然能有不必比手劃腳就可以溝通的人：那就是與我有相同「母語」講「客家話」的同胞。

自從有此發現，才引發我努力利用「母語」，凡是與當地人接觸，我必定先繃出兩句客家話，希望對方正巧是講客話的人，或是能懂客家話的閩南人，卽可減少語言上的故障。在請女佣時，也極力找客家人，以便互相不需打啞謎，卽可溝通。

我原先，自幼覺得「家鄉話好土、好跨、好難聽」的觀念，此時來個一百八十度的大轉變，不但覺得它十分親切十分悅耳；而且還隨時積極的運用，凡是能用客家話的機會，就必定運用。好在自幼就已耳熟，所以不致有生疏講不上來的癖病。偶爾出口成章，運用上一些恰當而冷僻的俚語，受到對方同鄉稱讚：「北方生長的人，還能講這樣熟練的家鄉話！」不由沾沾自喜，同時深覺「家鄉話能脫口卽出」是到臺灣定居最大收穫之一。

第一次受到批評是從一位新認識的朋友處，當獲悉她是廣東客家人，而且我與她兩家的先人，當年在原鄉也曾相識。有這種關係，在與她談話時，爲顯示親切，不免夾雜一些家鄉話。但她卻不像我這樣熱切的喜歡運用家鄉話。某次談話中，她若有所思的說：「妳的客家話，可能鄉土音較重，聽起來怪怪的。」

聽了她的評語，內心曾有些不以爲然。覺得我說的家鄉話並不見得「怪」，只是因爲地域不同。就如同「北京話」聽著很悠揚順耳，但北京四鄉的話，聽起來就音調沒有那麼悅耳，顯得

「怯」而「跨」。我的家鄉不是縣城，而是距梅縣仍有一日路程的鄉間。在言語用詞中，我鄉與縣城也偶有不同之處。所以我認爲自己講的是正宗水車墟與畬坑墟——我們原鄉地區的家鄉話。

前些時在舊金山，在一次聚會中認識了一位老鄉，言談中，他問：「妳是不是印尼來的客家人？妳的客家話像是帶點印尼口音！」

他的問話，有如澆了我一盆冷水。因爲這位老先生正是原鄉與我同一個地區的人士。我一向滿以爲自己講的是自己原籍鄉間的家鄉話；口音略帶土音，所以被講正宗梅縣客話的人聽了，覺得「怯」「土」不順耳。現在，遇到一位本鄉的人，竟認爲我是來自南洋印尼，說的客家話似帶印尼口音。

如今，我才明白，我一向沾沾自喜，自認得意的一口家鄉話，卻原來是「四不像」。這應責怪我自己，不肯從小開口講，直到老大成人後才積極的運用。雖然被澆了一盆冷水，明瞭了自己的家鄉話不夠標準；但對它愛講愛運用的心意仍如舊。而且覺得鄉音對我有無比的親切，聆鄉音，可使我思潮心境又回溯到年幼年少，守在父母跟前的時代，浮漾起對親情與歲月的回味與懷念。

一九八七春寫於加州

一代降一代

同年齡的老友們，在來美過「依親生活」分別住在兒子或女兒家中，時常會聽到這些作爺爺奶奶外公外婆的人，訴說孫兒女們太洋化，太不懂尊敬老輩。孫兒女只肯聽從父母的話，祖父母的話永遠是耳邊風。

「你聽，這叫什麼對話！我那孫兒孫女一句中國話也不會說，每天見了爺爺奶奶，只會說一句『嗨！爺爺！害奶奶！』我早晚要被他『害』死哩！」

「兒子媳婦對孩子說一句是一句，孩子從不反駁，都乖乖聽從照作。

「那天，天氣很冷，我囑咐孫兒多穿衣服。臨出門時，再叮嚀他一句。他就不耐煩的高聲說：『妳已經說了一千一百八十遍了！』妳看多可笑可氣、好心沒好報！」

「讀幼稚園的小孫兒，下午在家總喜歡睡午覺；可是他午覺一睡就時間很長，到了夜裏就常不肯睡而攪擾他爸媽也不能睡，第二天還都需上班。就囑咐奶奶看住孫兒，下午別讓他睡午覺。可是奶奶看見孫兒到下午看電視時，睏得打盹的樣子怪可憐，就由得他睡一會兒，再叫醒他。可是每次在叫孫兒別繼續睡的時候，他都撒嬌撒賴鬧脾氣，就是不肯起來仍接著睡；不然就是硬被拖起來，他就要哭鬧一陣子。

「不巧那天他爸爸回來得早，進門看見小兒子睡在電視前的地毯上，用腳向他身上一撥弄，叫聲『起來』！但見小孫兒立刻一個翻身就坐了起來，揉揉朦矇的眼睛一句怨語也不敢吭，叫了聲『爸』就爬起來了。

「妳瞧多可笑，眞是一代降一代，對他爸媽就那麼服服貼貼的！」

像這些可氣可笑的小事件，在海外每家三代同堂的家庭都免不了出現。爲了減少不愉快，上年紀依親生活的人宜達觀，少以自己舊有經驗和見解去估量與干涉下一代至下兩代的日常生活小事。人們的生活習性跟隨著環境時代不斷改變；生活在現代就需以現代的境遇來講，若常以往昔如何如何來比較，就難免感到新不如舊的煩惱。世上一切事物不都是隨歲月在改變嗎？不要過分戀舊而應有建設創造接納新的精神，才能使自己生活得較愉快。

孫輩生長在海外，一切生活習性自然以當地習性爲主。要他們學習祖國文字言語，在他們小心靈中的想法，是對他的額外要求，增強誘導施教時，他會認爲給他增添壓力，以致有潛意識的反抗不肯去學習。

老一輩的人撇下自己過了多半生的熟悉生活環境，來到陌生異域，自然對許多當地習慣感到不便。欲與第三代多溝通，宜多練習多了解接近當地的生活習慣；和設法使言語能溝通，試著與孫輩互相教與學，語言能互溝通，自然就減少隔閡，其他小事也易迎刃而解。使老少三代在生活上能打成一片，豈不其樂也融融。

一九八八加州

今夏在加州

——以文會友

在美國各城市多半都有老人活動中心的設置，今夏因爲小住加州四五個月，由友人的介紹曾多次到柏克萊北區的老人活動中心消閒。美國一般的老人活動中心，不論是否公民，只要是當地的居民年滿六十二歲以上的男女，有朋友介紹卽可參加。

柏克萊北區的老人活動中心，因爲地點適中，內部各種設施完善，最主要的是，常來這裏的老人，多半是來自各界已退休的知識份子，人品整齊，環境氣氛不致雜亂。大家不論陌生熟識都能有樂融融的親切感。

每週由星期一到星期五，從上午九時到下午四時是開放時間，每天有多種可免費學習的節目，例如陶藝、繪畫、縫紉、針織，初、中級英語、西班牙語、中古西洋歷史、鋼琴、歌唱、土風舞、太極拳、瑜伽等等。

中午有午餐供應，每份美金一元（實質約値三美元，不足費用由政府津貼），食品內容每天不同，多半是適合上年紀人，容易咀嚼而又合乎營養的西餐。每天大約有八九十位老先生老太太來參加午餐。參加會餐的老人，約有三分之一是東方人，而其中十之七八又是來自臺灣。大家不論原先識與不識，而能在異國土地上相聚都是有緣，都成爲互相關懷很談得來的朋友。

在這裏認識了從新聞界退休的唐棣老先生，他來美定居後常用「五子老人」爲筆名在這邊出版的中文報上發表文章。談起來彼此都是曾在國內新聞界服務，提起來有不少是彼此都認識的熟人，有共同的題材可談，卽顯得比較更接近。

認識了棣老，方知年輕女作家喻麗清是老先生的兒媳。在此地中文報上常讀到她那文筆清麗可喜的小品文章，心儀已久無機緣相識，只因各自住處相距千里。以前她夫婦及兩個小女兒住在美國東北部，經常天寒地凍的水牛城，最近才遷居加州。我住在中南部田納西，正巧今夏我到加州探望女兒。得知棣老與她是翁媳，而我女兒家與她住處僅半小時車程的鄰城，趕緊借此機緣認識。

因爲曾讀過麗清選集的《兒歌一百首》，知她對兒童文學方面可能有興趣，故把自己寫的兩本童話《小梅的隱身衣》和《小金扣子》，及一本最近出版的《海外家常菜》，托棣老轉交麗清以通款曲。

很快就收到她的回信，信中充滿熱情並急欲相晤。她帶著自著的《春天的意思》和《欄干拍遍》來老人中心找我。兩個就如此相識而且一見如故。她的清純文靜氣質，比她那流暢清麗的文章，更令人有親切感。

隨後，她又約了她的三個好友陳永秀、巴筑慶和張英，在她家中與我會面。陳永秀送了我一本她寫的童話《小麵人》，書中的彩色揷圖是她自己用彩色花布剪貼而成，眞是一本精心傑作。巴筑慶的筆名「路一沙」，她寫的小說《婚姻溝》是一本充滿倫理情意的好書。張英是當地中文小學的校長，除在海外爲自己國家培養英才外，也不時寫些文章。

大家相見言談歡愉，麗清曾一再說：「我現在才深體會到——古人說的以文會友之樂！」述說起來，巴筑慶和喻麗清都是我女兒楊達娜在臺北二女中的先後同學，張英則是我的兒媳闞天正在印地安娜讀書時的室友。坐在這四位年輕人之間，覺得自己像是一株已長定了的老竹子，不再有清新之氣。而她四人正像是竹林新秀，不斷節節高昇日逐蒼翠。能多認識些朋友，尤其是朝氣蓬勃的青年朋友，偶爾會會面通通信，也是在寄居異國土地上減輕鄉情寂寥之道。因爲我已在十月中旬由加州回到了很少有機會見到中國同胞的小城田納西州的馬丁。

一九八三冬於田納西馬丁

惜福

好友珍來小坐閒話，由衣服說起近日發胖、腰圍見增；由飲食說到蹧蹋。她抱怨女兒早上烤麵包做早點時，火候略過、表面略顯焦黑，珍想用刀刮刮，去掉焦黑表層仍然可以吃。但一轉眼，兩片麵包已被女兒丟進垃圾桶。

她說：「現在的孩子們毫不知道惜福，尤其是再下一代；我家孫兒女，更是常蹧蹋糧食。三明治常吃一半就扔在一邊；牛奶、果汁喝不到半杯，人就不見了。好像這些都是白來的一樣。」

我笑說：「不必抱怨，也無需太心痛，時代不同，生活境遇都不一樣了嘛！咱們小時候，誰家父母不教導子女，吃飯必須扒淨，碗中剩有飯粒，長大會娶個麻子媳婦或嫁個麻女婿。又教導說，農夫耕種多麼辛苦，故絕不要蹧蹋食物。但現在的小孩，誰還信嫁或娶麻子的事，知識水準都長進了，農業也機械化了，聯想不到血汗辛勞的情況，而且一般人，生活境遇都普遍的豐裕了，飲食已成為家庭中不佔高單位的開銷。父母減少嘮叨教訓勿蹧蹋食物，兒童們也就興之所至的吃一半蹧蹋一半不以為不當了。」

我接著說：「我看妳的日漸發福，可能與妳的注意惜福的習性有連帶關係。總怕蹧蹋，而包攬了家人們的剩餘物資！」

她也笑答說：「是啊！我就是看不慣，爲了別蹧蹋糧食，常包銷兒孫的剩餘吃食。飯桌上的盤底、湯汁也多半歸我報銷！」

「別以爲那些盤底菜肴湯水倒掉可惜，那都是菜肴中的一部分精華，全歸妳落肚，日積月累自然有增肥的效果。而且包銷剩餘物資，多半不是自己應有的食量，而是爲了惜福別蹧蹋而略加添入肚的，成了習性，又那得不發福？爲了維持適當的體重與健康，妳還是少作『惜福』之事爲妙！」

她哈哈大笑的同意我的說法。

由珍的習性，使我聯想起另一則相同的故事。有位六七十高齡的老人家，與單身的兒子帶著三個年幼的孫兒同住。她老人家有一天氣憤的向我投訴：「你看三個孫兒多沒良心，我辛辛苦苦的照顧他們；吃飯時，他們卻把隔夜的剩菜推到我面前說『這是你老太婆的菜』，眞叫我很生氣和傷心！」

我想這與老祖母經常自己包銷剩食有關。孩子父親是生意人，不常在家。祖母又較溺愛，有好東西都儘先讓兒孫們吃。在習以爲常和缺少明確教導下，使小孩子誤認爲老祖母應該是專吃剩食物的人。孩子們年少，原無正確的觀念，全賴長輩平時的教導，才能明辨是非啊！

一九八八寫於加州

燕歸來

你回來啦！你跟隨著春神的腳步回到你的故鄉。看啊！樹木草坪已是青翠一片，那色彩繽紛的鬱金香，也像是歡迎你的歸來。朵朵花房似是盛著甜酒，爭著向你迎迓！

你左旋右轉、忽高忽低；你忽而停足屋簷，忽而跳上椽柱，是找尋你的舊巢嗎？這裏友善的人們，不會拆毀你的舊巢，即便是無知的風雨摧殘了你的舊巢，你仍可以啣泥啣草重建你的窩。在這個你終朝思念的故鄉，度你悠閒愉快的歲月。

你不論飛離多遠，不論離開多久，你仍然能定期的返回你的故國。因為你忘不了故鄉的一切，而故鄉也「一切如舊」的等待著你的歸來！

燕子，我好羨慕你。你又回到了你日夜懷念的故鄉。而且你也不會有「還鄉應斷腸」的傷感。

•

加州灣區之南的聖璜卡畢斯壯諾，是個人口不多，一向安靜的小鎮。但在每年的三月十九日，必定從各地湧來許多遊客，他們是爲爭看一年一度，燕子歸來的盛況。

根據傳統，這種剪尾崖燕（Swallow），每年定期在三月十九日——聖約瑟日——大批成羣飛到聖璜卡畢斯壯諾小鎮的修道院；結束牠們從阿根廷哥亞（Goya）起飛的六千哩長程，待到天氣漸冷，再南飛避寒。

燕子定期來訪，早在一七七六年，席拉神父創建這座修道院時就已有記載。其後，名作曲家李昂，雷納；在一九三九年寫了一首名曲「燕子回到卡畢斯壯諾時」，更使每年一度的「燕歸來」盛況，成爲遠近馳名、遊人爭睹和欣賞的初春節目。對此盛景，使旅居海外的人頗有感觸。

一九八六寫於加州

相見歡

——東行會朋儔

趁一九八四歲暮假期，與女兒達娜，由三藩市先到檀島遊覽了兩日，然後到臺北小停數日。人生有何事——能比故舊相逢把手話往今，更值得慶幸歡愉？

離檀島，在旅客不多的情形下，悠閒的交運了行李，持登機證轉身往候機室。感覺到不遠處有人向我這邊注視，同時聽到她像在自己捉摸的說：「那不是和英嘛！」

我再也想不到在這裏，離家千里的檀島上會有熟人喊我，轉身一看，竟是徐櫻姐（我一直以爲她與李方桂兄，夫婦二人仍在加州女兒家納福，而她也絕想不到我會來到檀島）。正驚訝問她何時歸來的？她笑著說：「回來十天嘍，現在又正要往臺北參加中央院士開會！」

兩三年不見，他夫婦二人雖然最近都經過了一次需動手術的重症；但現在看起來，都精神很飽滿，身體很結實的樣子，令人十分欣慰。尤其獲知我們將同一班機飛臺北，更是高興。正可以在機上互述別後情況，交換一下互相知交們的消息。方桂兄與家兄中孚是北平清華前後期的同學，而徐櫻姐的老太爺與家翁，是日本士官同期好友，可說是兩代之交。平時，因各居不同地區，也少機會聚晤，今天巧逢，可說是這次東行旅遊中，第一件喜相逢的樂事。

抵桃園國際機場，已是夜幕低垂，在車馬喧騰萬家燈火中，直奔臺北東區，好友海音的家。拿到了鑰匙，由海音領路，到她家斜對著的大樓，住入她的別墅——高在十二樓的小公寓「紫屋」。紫屋名稱的來由，是因爲購屋時，室內裝潢已漆成優雅的淡紫色，故海音戲稱它爲「紫屋」。面積不大而設備俱全，實在是非常舒適合用的「行宮」。海音承楹夫婦除把它當清靜的寫作屋、避打擾的休憩處以外，還常以它招待過往的朋友作落腳處。若以國內往昔的巨宅深院來比喻，因爲紫屋樓窗與她家六樓公寓的陽臺樓窗可遙遙相望，很可以把它當做夏府跨院或是後花園中，環境清幽、內涵雅致的讀書樓。

進得紫屋，就見書桌上平平穩穩的擺著一封粉紅色的請帖。海音說，這是明天中午爲妳接風，我請了二十多人，妳要想見的好朋友，我都爲妳邀到了。

當我決定返臺一行時，因爲僅停留週餘；怕這些都忙於工作的好朋友們一時不能會晤到，所以我託海音先爲我分別約定，請他們預留時間，屆時才有機緣歡晤敍舊。爲了節省我僅有的幾天時間，海音把年輕年長男士女士都邀在同一天，來個歡迎我歸來的大聚會。她的設想周到和細心眞使我感激，令我感到友情的溫暖與興奮。

當我提及巧逢徐櫻姐夫婦，同一班機來臺北。海音立刻說，我正要打聽，不知他們那一天抵臺北呢！想不到這麼巧。她馬上拿起電話向各處查問李氏夫婦的落腳處，立刻打到圓山飯店。徐櫻姐接電話時，驚奇的說，妳怎麼消息那麼快，就知道我們來了，還找到了住處。海音不禁朗笑說：「您別忘了我是幹甚麼的！」（當然嘍，記者出身的，跑新聞是拿手！）於是方桂兄徐櫻姐皆受邀請，明天宴上同享接風。還有一位由芝加哥返臺度假的年輕文友丘女士也在被邀之列。

走進三普大飯店的西餐廳，即見已是三五成羣的男女人士散坐桌旁。首先入目的是高中時代教我幾何代數的劉咸思老師（劉大中之姐），還有姚葳姐（張明，前新生報副總編輯）、琰如姐、羅蘭姐，以及畢璞、麗珠、明書……等都坐在一堆。男士們，有男主人承楹（何凡）、大華晚報的耿社長和編輯吳端，還有傳記文學的劉紹唐夫婦……。國語日報的老同事子敏、劍鳴、劍星等，都因爲出差去臺中開會而沒能出席。遙望桌端那廂，還有散立著六七位年輕女士，那是嶺月、曉輝、新彬、文亞、祖麗和蔣竹君……等。放眼一望，剎那間，同時看到這麼多、懷念已久的故舊好友，眞是心花怒放欣喜萬分；有來不及打招呼、來不及各個互擁握手敍談的情勢。

看到和自己年紀上相差不多，可算是同一時代的男女故舊們，有的已退出崗位放下了筆，過著悠閒的退休生活；有的仍在崗位上，繼續筆耕和編撰播寫的工作。不論是怎樣安排各自的生活，而一位位仍然是精神抖擻、容光煥發，身體很健康的樣子。看到眼裏，心中有說不出的欣慰與喜悅。這些位，多半都是對我學習寫作以及進入文藝界新聞界工作上，有極大影響的人，從他們之中，得到寶貴的指教、和善的支持與鼓勵，才使我有勇氣，至今還沒有放下了筆。

這其中與劉紹唐兄是久仰而今天才相識的，他就讀國內西南聯大時，與家兄黃中孚有師生之誼，今天當海音為我二人介紹時，他像是有點疑惑的神氣。他說：「我想像中，老師的妹妹不是這個樣子，不應當看來這麼年輕！」（他不知我與家兄相差八歲）在他內心中，想必是認為老師已是年過古稀，其妹雖不雞皮鶴髮，也一定有相當的老態；但出現在他眼前的居然是髮黑膚潤鞋高跟的人，當然會令他疑惑了。十分感謝紹唐兄交給我一份影印的文稿，意外發現是由宗兄玉發撰寫的，先父黃錫銓小傳，即將刊出在傳紀文學的「民國人物小傳」專刊內。

這時遙見曉暉和嶺月兩人似正竊竊議論，而不曾走過來招呼。我即轉過桌去，向她二人呼名揮手，她二人才若有所悟的急忙迎上前來。直說抱歉：「我們正私下談說，黃大姐還沒來，進來的這位可能是她的女兒……，眞想不到，您比三年前更年輕了，我們倆都不敢上前跟您打招呼，怕認錯了人！」

聽了令我莞爾，原來三年前返臺小留時，才和她二人初識，只見了一面我就離臺回美。不過雖然是初相識，但神交卻有多年了。當我主編國語日報家庭版時，她二位是基本的支持者，時常有稿投來。從文字中在精神上已建立了友情。尤其是嶺月，一直感謝的說，黃大姐是領我入寫作之途的恩人；生平第一篇稿，戰戰兢兢的投出，若不是主編細心審閱、多處修改把我那日文語氣一點點的修正過來——因為我從小是習日文的——才刊登出來，那，我這輩子也不會有勇氣再寫

第二篇，也絕不會走上寫作這條道路了！」

所以三年前，當她在報上看到我回臺的消息，立刻約了曉暉轉託海音介紹，一定要和我見面。也就因此，在臨上機返美的前一天，與她倆匆匆的會了一面，轉瞬又已三年，難怪她倆不敢相認了。我解釋說，不是我更年輕了，是因爲回到故土，一下子看到這麼多經常懷念的故舊好友，心中太高興了，所以人也變得像是更年輕了。

嶺月一再由衷的表示誠懇的謝意，在我受之有愧的內心中，不禁想到，她內心對我的感激，不正與我對海音、姚葳、畢璞等位的感激相同；作主編的需有耐心和細心，他主編的園地正是培植寫作的搖籃，稍有疏懈，可能就抑止了有天份欲求上進人的步伐。

如今，這些當年戰戰兢兢，一篇篇試投的年輕新人，都由自己的努力不懈而步步更上層樓。新作品不斷出版，使我感到無比的欣慰。在她倆身旁的文亞、新彬、竹君、咪咪（祖麗，海音的女兒）也都圍過來絮語。看到這些稱我阿姨、信上自稱「晚」的年輕人，一個個逐漸成長，在文藝界已是文筆流到的名撰名編了，內心感到無限的欣喜，也不禁有長江後浪推前浪的感慨。

眞當感謝從小一起長大的好友海音，爲我安排這次相見歡、會故舊的大聚會，使我如願以償的見到常懷念的朋儔。更感謝招待我母女落腳在舒適的紫屋，使我母女不致有「回到臺北已無家」的傷感。

女兒不止一次說：「林阿姨對我們眞好！」我點醒她說：「林阿姨不是單對咱們好，她對任何人都好，凡是認識她的人，沒有不感覺出，她對朋友的誠懇熱心和處處爲人設想周到！」

在臺北小停週餘，辭別眾友繼續東行往曼谷。在曼谷有另一個小團體在等待著，將一同往佛國尼泊爾和印度，訪廟拜佛，一探喜馬拉亞山麓和恆河之濱，數千年來的神秘古老文化。

一九八五寫於加州

觀念差異

那日中午，到女兒處吃午飯；才落座，女兒就拿來一個比壘球小的切開兩半的小澎湖瓜。她說：「今天才買來的，妳嚐嚐，可能還不錯。」說畢她就去廚房忙她的事。我預備吃過飯才吃它，所以擺在桌上沒動。

這時女婿走來招呼，一眼看到桌上的瓜；伸手就拿起來，口中唸叨說：「怎麼拿這樣的一個瓜來！」他邊說邊又去換來一個已切開而較大的。並說：「剛才那個不好！」我說，是女兒拿來給我的。他笑著說：「她甚麼也不懂！」女兒招呼我吃飯時，看到換了一個瓜。我向她解說，是女婿換來的，並把女婿剛才的評語當笑話說給她聽，她聽了哈哈大笑，並且解釋說：「我聞了又捏了，要選一個較熟的！」

我當然了解女兒的心意，她認爲我一個人吃不完較大型的一整個瓜，所以選較小的，免得浪費；而且她主要是選瓜較熟軟的，我老人家吃起來較方便。她的心意完全合理而正確。但女婿的心意也很正當，他認爲一大籃瓜，爲何偏撿那麼個小型的，應當選較大而外表好看的才對（太熟的瓜外皮顏色較暗，光澤略減）。

這幕換瓜趣劇，我深知女兒女婿和我，三個人誰都不會心存其事去介意，轉天也就淡忘了。但我忽然想到，假若這幕劇是發生在婆媳母子三個人的身上，他們各自的心理、觀念上，就不這麼單純了。

試想，兒媳送瓜給婆婆本是一番好意，卻被兒子（丈夫）視爲瓜欠理想而另更換來一個。其間可能因成見作祟，會使母親認爲媳婦孝順是假，兒子孝順是眞。會使兒媳感到委屈與氣憤，好心反被誤解。如此不但不能成爲家庭趣劇，反將造成婆媳、夫妻間，芥蒂橫生互相怨懟。

似這種因身分關係上的不同，而產生出心理、觀念上的差異；使相同的一件事，其結果卻大爲不同。故所以婆媳之間遇事有疑惑時，絕不要被成見作祟而動起肝火以致加深誤解。宜調換身分來設想一下，把對方變換成自己女兒或自己母親，也就是假設成母女關係而非婆媳關係。如此假設一番，再對所發生的事件作評判。自己心理上可能卽產生與原先不同的見解，而轉變爲較合理的觀念；可使疑誤化解消除。

一九八七夏寫於加州

含飴弄孫

小時候，看到「含飴弄孫」這四個連在一起的字語時，腦海裏會映出一幅畫面——一位白髮皤皤的老太太，坐在大椅子上，雙手支持著約在六個月大，站在她腿上的小孫兒。老奶奶的缺牙癟嘴間，叨著一塊糖，引逗著抱在膝上正歡笑跳動的小孫孫來向她索食玩耍……。

這完全是當時我的小腦海中，從這四個連接在一起的字面上，意會出的一幅畫面；認爲「含飴弄孫」四個字，就是形容祖父母在哄著孫兒玩耍的意思。及至讀到「成語」故事，明瞭了這四個字成語的來源出處，和它所顯示的原意以後；才覺得當初自己所想像的畫面很可笑，而且所會的「意」也完全不對。

「含飴弄孫」是出自《後漢書》所載——馬太后詔曰：「吾但當含飴弄孫，不能復關政矣。」馬太后此詔中的原意是說，她年事已高，不能再關懷處理政事了。

後世人，即將詔中「含飴弄孫」四字，引用來形容老年人自求恬適，不問別事之謂。

現今許多上年紀從工作崗位退休，已是祖父母輩的人；來到海外探望子女在此小佇，或是來海外定居，與在此地的下一代團聚。在與親友往來的書信中，經常會受到「安享天倫之樂」或「安享含飴弄孫之樂」這樣的祝頌。

這也確是實情，一家人不是遠隔重洋，能同處一地經常聚晤，或是同居一個屋簷下朝夕在一起，都是人生中的「天倫之樂」。

不過，可不要像我幼年時，那種錯誤的想像，眞是含著糖去哄逗孫兒，那太不合衛生了。而也不是整日閒來無事，以哄孫輩玩耍來消磨時光。老年人，若是能仿照「含飴弄孫」此語的出處，仿傚馬太后，放下從政的心，把國事交予「當今」和文武臣下；自己退居第二線，得以安享清閑。如她所說的「不復關政，但當含飴弄孫爲樂矣」。才是智者。

「家」亦如同「國」，試想，操勞數十年，現在年事已高，若能卸下擔子而不知卸下，仍然佇立第一線上，瑣事必問；豈不是，不知自求恬適，不識安享清閑之樂？

寫於加州

一樂也

多年前，經過一間新開張的理髮店，那塊掛在門楣上的巨匾上，寫的是「一樂也」。我覺得他這個店名起得很恰當而逸趣。試想，一個鬚髮已至需要沐潔修剪的男士，或是需要洗潔美化的女士，踱進店中安然坐定，悠然的被人服務一番，不但是一種享受，而且對鏡一覽，容光煥發整潔美觀，像是換了一副容貌，這不是「一樂也」嘛！

在一般日常生活裏，我想可能有不少可視爲「一樂也」的事。以我自己來說，欣賞自己的工作成果，就是一樂也。比如清洗飯後碗盤的工作，常被主婦們視爲厭煩之事。因爲膳後的碗盤餐具，必定是狼藉油膩。但我覺得，繫上圍裙捲起衣袖，一口氣，唏里嘩啦的把一個個沾滿油汙狼藉的碗盤沖洗乾淨：當它整齊的，一疊疊的重現光潔面貌時，看著不是很悅目而令人開心舒暢嗎？

當年，洗衣機還沒有進入一般家庭的時候，每天洗滌一家老少六口人衣服的工作，雖然頗爲費時費力；但我也不曾對它有所排斥與厭惡。因爲它是不可避免的工作，就應安然的接受；而且搓洗衣服時，只需用體力臂力而無需用腦。每當搓洗一大盆衣物時，我往往是心境悠閑的手腦並用。眼觀著隨手搓動激起的泡沫與水花，看著衣物上的汗跡隨手漸漸褪除；而腦海裏卻是隨著手的搓動在反覆的構思。構想一篇文章的大綱或是斟酌推敲最恰當的詞句。可說是在同一段時間中，作兩種工作。一盆衣服洗好，晾曬時，我總喜歡把衣物依型式色調予以調配。在亮麗的陽光下，觀看著幾支長竹竿上晾著、洗得清潔溜溜而且粉白黛綠配合悅目的衣物，不由得有賞心悅目，滿心得意愉快之感。

除了常把洗碗洗晾衣服當做一樂也之外，還有一件是最令我有一樂也感的事，那就是，每當寫完一篇文章，把文稿校清摺好裝入信封投進郵筒的時刻，那種輕鬆愉快的感覺實無其他的事可比。稿件離手落入郵筒的一刹那，就像是一副重擔自肩頭卸下，周身都感到輕盈舒展，因爲平時在腦中醞釀的散碎篇幅文句，如果不將它理湊成篇的寫出來，就會愈積愈重，重重的壓在心頭。直等到完成投出，才會如釋重負般的輕鬆愉快。至於是否被採用，那好像是與我不相干了。

歲月悠悠，一晃數十年過去；如今那種每餐膳後需清洗一大堆盤碗，和每天需洗滌一大盆衣物的歲月，已離我遠去。婆母早已仙逝，外子也先我而入天堂，子女們已各立門戶。如今膳後工作已激不起一樂也，因爲最多也不過三幾個盤碗。而那手腦可以並用的洗衣工作，更是不再。晾衣時的賞心悅目，和收取時從曬乾的衣物上散發出的日光乾燥清香，仍使我常懷念。唯一仍存在如昔的，是塗鴉消遣；希望腦力的構想，不會隨歲月而老化，使我能長久的保有那「投入郵筒一刹那」的一樂也。

一九八九春寫於加州

要命的一刻

十月十七日下午四點多鐘，正伏案寫得入神，突然感覺書桌和座椅連續上下震動，立刻意識到又地震了。在處於地震帶上的美國加州，已住了五六年，這其間也曾遇到過許多次地震，但幸運的是，都沒超過三四級的小震；小小的有感震動，只是使人驚恐片刻（其實每次僅不過兩三分鐘），人與屋宇財物都不曾受到損失。心想，這次也是與往常一樣，震動幾下馬上就會停止。不料這次在猛烈的上下震動幾下後，緊接著是向左右劇烈搖晃。激烈的連震帶搖，使人有如處身在怒海狂濤的海輪上。眼看著身邊一人高的書架，搖向我來又晃回去，本能的想快鑽進書桌下，才一蹲身，再搖過來的書架已是落大冰雹般、所有的書籍和小擺飾都統統拋落下來，撞擊到我身上散落在地上。此時，更聽到外屋起居間和廚膳間，霹靂叭啦響成一片。在地吼天搖，牆壁撕裂，門窗拉扯壓榨的一片混濁盈耳的噪音中，瓷器玻璃的粉碎聲更是震心刺耳。

「完啦，完啦！從世界各地旅遊帶回來的小擺飾紀念品一定都打碎了，掛在門楣上的、二哥祈福過的八卦大瓷盤，一定也落地開花……像這樣劇烈的地動天搖百物震晃發聲有如哀號……再不停，這座磚造的老樓也要倒塌了，所有的人也將隨之墜陷埋葬在瓦礫中……這次地震可能是命也不保了……！」

無數意識閃電般在腦海中掠過，驚惶恐懼中被震搖得頭暈目眩，再不停止眞的要天塌地陷了！內心惟有一個字的祈望「停、停、停」！

好像是經過了一個世紀那麼長久。好了，人好像可以穩定了，地不跳動了，屋宇家具不左搖右晃了。隨地震而產生的——撕裂撞擊崩潰跌碎……種種大合奏的驚心動魄震耳欲聾的嚇人聲響，也隨之暫停了；地震眞個是暫停了。從地上爬起來，怔怔忡忡的望著滿地碎片、書籍、雜物佈滿全屋，幾無可落腳之處。起居間的擺飾架上一掃而光，檯燈花瓶和那些可愛的小擺飾，五顏六色混合的散碎一地。碗櫥門被震搖開，碗盤茶具也都湊熱鬧的碎在其中。牆上的字畫鏡框，有的歪歪斜斜顫顫欲墜，有的已掉落地上跌碎……

爲了弄個落腳處和防刺傷手腳，趕忙拿起掃帚清掃滿地的碎瓷碎玻璃。從數不清的各自閃爍發光的碎片中，仍能清楚辨識出每一碎片是來自何物；我的牙雕我的木刻，都已陪伴我多年，跟隨我數度遷移漂洋過海，總以爲這裏是最後的一個定居點，但是卻在這次驚天動地的大地震中紛紛得到解脫摔得粉碎，不必再長佇立架上供人欣賞清玩了。

懷著有如林黛玉掃葬落花的心情，一心在處理遍地的傷痕，也不理會住所大樓內的警鈴已大響了片刻，是通知住戶們趕快撤退到戶外去以保安全。原因是此樓已有百年建齡，爲防再續震會發生危險。

工作人員每層樓敲門，促大家撤出；電梯已停止使用，我跟隨著驚惶失措的人羣，顫抖的由安全樓梯來到大樓門外；一些不良於行和有病患的老人，由義工架著、背著、抬著也都疏散到戶外。但見樓前草坪上已是黑鴉鴉白蒼蒼的站立了一大片人；黑鴉鴉是人眾（全樓約有三百戶左右），白蒼蒼是老人們白髮互映（因爲本樓是一棟老人公寓，住戶全是上了年紀的人）。

這次七級的強烈地震，使大樓的右角崩塌，右側樓壁也出現好多條裂紋，塌落的碎磚殘瓦墜落當街遍地，看情形的確有暫時疏散到樓外的必要。飽受驚嚇的老人們，幸好都有驚無險，無人受傷。大家懷著恐懼的心情，站在露天街邊互訴自家的驚險遭遇和聽來的有關地震傷毀的消息。眾人露天佇立了兩個多小時，雖仍有幾次餘震，但都較輕微，人數眾多亂哄哄中似無何感覺。直到天色暗了，大家懷著試探和餘悸走進大樓，回到滿目瘡痍的家園。

一九八九冬寫於加州

歲末親情

我們中國人多年以農曆的新年也卽現時所稱的「春節」，爲一年中最熱鬧，節令氣氛最濃郁的日子，但是美國人則以每年歲末的聖誕到陽曆新年，是他們一年中最熱鬧的節令，每逢到了這段時期，散居各地的家人都藉此假期聚晤團圓，親人們相聚一起共度這段全年中氣氛最熱鬧的佳節。

預備在聖誕和新年與親人或朋友相聚共度佳節的人，如相隔路途不十分遠，固然可以駕車前往。但如較遠則需搭乘飛機以求速達。爲了安排這個一年中最大的團聚節日，一般人多需在動身前一兩個月就把它計畫好。預先訂妥機票。因爲歲末假期來往旅客衆多，臨時購票定有一票難求的現象。如預先定妥當，不但不致臨時焦急，而且在有暇細心選擇下，可以比普通一般來往的費用低廉很多。

今年十月間，我卽計畫歲末時由加州飛田州去探望威兒全家。因歲末假期間，孫兒國華孫女國英，將從他倆就讀的喬治亞州阿特蘭達，回到田州馬丁城的家，我們祖孫三代可藉此團聚共度佳節。普通一般由舊金山飛田州曼費斯或諾斯維爾的單程機票約需一百七八十元，往返雙程約需兩百七八十元。但經威兒事先向各旅行社探詢從各航空公司航線中比價，發現西南航空公司由舊金山飛諾斯維爾的最廉機票，再加上老人（Senior Citizen）可有折扣，開出的售價低廉得令人驚奇——雙程來回僅需一五八元。我來美定居已有十二三年，每年中至少要在散居各地兒女間往返飛上幾次，但在相同距離的路程上還從未遇到過如此便宜的機票。故特將它寫出來，以便在美散居的家庭親人們作為參考，欲搭機聚晤時，不妨多向各旅行社探詢而能節省不少旅費。

我所搭的是西南航空公司（SOUTHWEST），起站舊金山、終站田州諾斯維爾。這段航程比一般普通航程定價低廉的原因有三，①兜大圈——一般由舊金山往田州各城的班機，除有直達外，最多僅在中途停一站。而這一班機則在中途需停三處，向南兜一個大圈經聖地亞哥、鳳凰城，休斯頓方到達諾斯維爾。②時間長——直達僅需四小時，停一站需五小時，此班機則需八小時有餘。③全程中僅供飲料不供餐點。

對一向閒暇的老年人來說，乘這種多兜幾站的班機倒是無所謂；不供餐點，自己帶一份三明治加點零食和一本消閒的小書，正好悠哉遊哉任它載著遨遊四方。在機上能小睡的人正好休息打幾個盹。另一件與其他班機不同的，是不劃座位。憑登機證上號碼順序登機。所以早到的人可選坐適合自己的座位。每站僅停約一小時，除到站的人以外，均無需離開原機。唯一不適的是一日之內起降數次，耳膜連續承受強氣壓，有聽不清之感，終兩日方消除。

從起站到終站，沿途所見旅客多一半是上年紀的老先生老太太。其餘為成年人及兒童。言談中，都很滿意和得意預定到如此低廉的機票。兒童中有六七個人胸前掛一塊如手掌大的牌子，寫明姓名住址和目的地。他們是沒有家人帶領，幾家小兄妹們分別結伴去探望祖父母們。老年人是去探望兒女孫輩，成年人去探望父母。大家的臉上都洋溢著一股親人團聚在即的歡愉笑容與光采。互相寒暄談的都是自己即將會面的親人父母子女孫輩，好似全機中載滿濃郁歡欣的「天倫親情」。

一九八八歲末寫於田州

巢

一夜北風蕭索，清晨窗外枯黃的落葉鋪滿遍地；庭院中獨樹一幟的高大洋槐只剩光禿禿的枝條；半空中禿枝間明顯的現露出一個歪斜的鳥巢——它就是常飛翔庭院上空、常跳躍啄食在草坪上的那些小鳥的「家」吧？

多的徵兆寒風凄雨，把小鳥兒們已嚇跑，飛向和暖的南方去躲避了。多攜帶著冰霜風雪來臨，使樹葉凋零草坪枯萎鳥兒絕跡，庭院中變得蕭條戚寂、毫無生氣。

待明年春暖花開時，在這棵槐樹上築巢的小鳥兒會不會再回來呢？當舊日的這雙鶼鶼雄雌，重飛上初綻嫩葉的枝椏間，找到了昔日充滿溫馨的舊巢，是欣喜，還是悲傷？眼見這舊巢已是頹傾，曾殷勤孵育的雛兒已壯大遠離！牠會留下重修舊巢嗎？還是覓新枝另築新巢呢？

一九八八寄自田州

顧影自娛

現居美東的琦君，是位蘭質蕙心文筆瀟灑的女性，她與我是同齡好友；當年都居住臺北的時候，時常聚晤，如今在美國一東一西相隔遙遠難有機會見面，但兩人的文章卻常在同一版面上碰頭。閱讀好友文情並茂的散文，有如相對款語，也可聊解懷念之情。

記得她寫過一篇〈咖啡色的年齡〉，那篇的內容大意，是說她的衣著一向不喜歡花俏，跟隨年齡的增長，如今更是喜穿色調款式樸素平實的衣著；所有服裝的色調多半是合乎上年紀人穿的，看起來柔和不耀眼的顏色。其中以咖啡色系統的顏色居多，花色只是在深淺濃淡上略有不同而已。有時候想換換色彩情調，但在檢選時挑來撿去，最後選中的多半仍是脫離不了咖啡色系統的範圍；自覺好笑，也覺得咖啡色可能是最適合她這等年紀的人，穿起來大方美觀合乎年紀的衣著色調，故而她戲稱年登花甲以上的人爲到了「咖啡色年齡」的人。

我當時持報閱讀之間不禁一再莞爾，但不是笑琦君，而是笑我自己，笑我自己從少年到老年對衣著的心理。想起年少十四五歲的時候，很喜歡模仿成年人。同學之間外出時，都仍是白衫黑裙球鞋，我卻穿上長旗袍高跟鞋，甚至還戴上耳環。當年在北平，有一次同學們三五成羣的去逛距學校不遠的西單商場，我與好友淑瓊邊談話邊徜徉間，見前面的四五個同學正佇足在鞋店的櫥窗前，對櫥內的陳放指指點點。我倆走近櫥窗，見大玻璃櫥窗內擺有許多雙繡工精緻、色彩明豔、拼繡金銀線的繡花平底緞鞋。昌黎昌惠兩姐妹回頭看見我已走近櫥窗前，指著櫥內對我說，我們在欣賞這些美麗秀氣的繡花鞋，大家正在評說，咱們這些同學中只有妳配穿它，穿上就像個大家閨秀嬌小姐；我們這些人穿上它就不像樣兒了。

從那一次我才理會到，在眾同學的眼光裏，把我看成與她們氣質不同、裝扮愛好亦不同的人；常喜歡做超逾年齡的打扮，而且在眾同學中，我也是個個性比較安詳文靜的人，所以與超逾年齡的裝扮在觀感上也不致有所不合。

幾十年過去了，年登花甲以後，我發現在衣著興致上好像已倒轉頭，不是逾齡而是停滯在年齡之下了。現在平時常穿的卻是有如年輕人常穿的舒適自如的運動裝和球鞋，在色調上我仍偏愛「明」色，也卽所謂的「Light Color」。在樣式上並不約束自己去扮成老祖母的姿態，而作適當的跟隨潮流趨勢。我覺得柔和的明色系統服裝穿起來有如「春的陽光」，可使人顯出如朝陽和煦的氣息。款式不趨向守舊而作適當的追隨時興，可使自己看起來不似骨董人物而保持了青春常在的健康活潑精神。平時與一般同年紀的女友在一起時，我也常向她們發揮這種論調。裝扮得較年輕，會使自己在顧盼間覺得自己很健康愉快和年輕，在做事行動上也會隨之有活潑自如之感。

寫到此處又不禁好笑，想起何凡兄有篇散文文題是〈不按牌理出牌〉，而我由年少到年老，豈不是個喜歡「不按年紀穿衣」的人！

一九八九田州

白髮的尊嚴

可能是體質遺傳的緣故，我在四十左右，頭上就出現了白髮。記得那時服務的機關，派外子往美國進修，及往全美各地海關，觀察他們的作業情形。在那個年間，民國四十年代的時期，能出國鍍金，是一件大事。當他一年期滿定好歸期，親友同事們都很興奮決定大家同乘機關上的交通車，坐滿一車人，同到臺北松山機場去迎接，這位全機關首次派出國歸來的人。我當然更是期盼這一天的來臨。機關同仁特給我掛上通行證，隨著海關工作人員穿過停機坪，來到機前歡迎外子歸來。

機門一開，他首先出現在機艙門口，滿面笑容、雙手高舉，現示出榮歸家園的興奮與快樂。步下梯階，他一面向站在欄柵外，來迎的親友揮手，一面歡笑的望著我。在與他揮手平行的時候，他輕聲的暗示我：「妳左臉上有點黑的。」他見我只是微笑，並沒有舉手擦除的反應，以爲我沒有聽懂，卽再說：「妳擦擦左臉上。」

他是因爲看到我左頰上有一小塊汙髒，所以示知我擦除；但他絕猜想不到「它」是怎麼個來源。

原因是，在他出國的這一年期間，我的頭上突然出現了白髮；眾多的烏黑秀髮中，呈現很少數的銀絲，特別的顯眼。怎能讓他一下飛機就看到我長出了白頭髮，多殺風景！想辦法把它染黑吧！但那個時代很少有人染頭髮，而染髮劑更是不普遍。在無可奈何下，決意在他歸來前夕染頭髮。我已忘記當時是使用的甚麼染劑。從未弄過這種撈什子，自導自演笨手笨腳下，頭上銀絲雖然抹黑觀感有改善，但是卻不小心左頰上沾了一小塊汙跡，一時竟擦不掉。以後過了好多天才漸消除。當時，外子乍見我，以為我臉上沾了煤灰呢，所以悄聲示意叫我擦一擦。

第二天，我把這件事當笑話講給好友承楹和海音夫婦聽，引得他倆粲然大笑。過沒兩天，承楹兄即以〈一根白髮〉為題，寫了一篇短文出現在他的「玻璃墊上」方塊專欄中。雖然我成了文中主角，但我已記不起來文中說了些甚麼。不過從那次以後，我就開始常染頭髮。實在是心有不甘，才四十出頭，怎能讓人在我頭上細數白髮呢！如此經過了二三十年，染髮一事從未間斷。隨著年齡的增長，白髮的生長率也跟著加強；每過一兩個月，髮根新長出來的部分已是白花花的，但髮之中段則是黑色，而髮梢更是烏黑（因為不止一次接觸染色之故）。遇此情況，女兒就不免催促：「又該去染了，妳看像三色冰淇淋一樣，多難看！」所以直到近兩年，年近古稀，仍未停止染髮。幸好我的體型體力行動，尚能與滿頭烏髮配合，並未因馬齒增長而顯行動遲緩與龍鍾。就因為如此也常招來誤會。

每當我乘公車、地鐵時，絕不用想有人讓座給我，而我若是坐上了近車門兩邊，年長者或殘障者有優先權坐的座位，常招來同車人的白眼。而且每舉示老人月票登車時，常會被司機問聲：「有無證照文件？」有時，司機瞄一眼老人乘車證上的照片，還再向我臉上端詳一眼。大概是要對證一下是否本人。

有一天清晨乘地鐵，站上甚為冷清，我下了階梯，正觀望車有無來。見一位女警也走下了階梯。地鐵車站經常有男女警巡邏，故並未對她多注意。她帶著一臉祥和的笑容、漫步踱過來。美國人有不少是很和善的，如你和善的對她望望時，他必定禮貌的報以微笑。我見這女警笑容可掬的踱過來，便也報以微笑並道「早安」。她走近我身邊時，也順口道早安並問，妳多大年紀了？在美國向婦女問年紀是一忌。我猜想她是在這冷清的站臺上、閒得緊；所以向人閒話兩句。我也就順口答她「七十了」。她大感驚訝，十分不相信的說：「眞的嗎？妳有印有生年月日的卡片嗎？」「有啊！」我邊說邊取出證件卡片相示。她笑瞇瞇的「嘖嘖」兩聲說：「太難以相信了，妳一點也不像七十歲，我以為妳只有五十歲呢！」

我當時曾沾沾自喜，頗為得意，認為自己是「老有少容」。等坐上了車，我猛然醒悟——她是不是在追察我呀！極可能是，她見這個滿頭烏髮的婦女，手持老人月票，三步兩跳的衝跑下階梯，而起了懷疑，認為是個冒用老人車票者（地鐵的老人車票僅值成人車票的十分之一）。

自從去春意外發現患乳癌，經手術與隨後治療期間，我即停止了染髮，因為半年多的時間，多半窩居休養。頭髮雖然有黑白分明，和「三色冰淇淋」的難看現象，但有病在身，也就無心情去裝扮。待髮梢染過的部分漸次剪掉，未染的新髮逐漸長長後，就呈現了一頭很均勻的灰白髮。去髮廊洗理時，理髮小姐們都說：「現在好了，熬出了頭；染過的都剪掉了，這樣均勻的一頭灰白頭髮也滿好看的，不必染了。」

自從頂著一頭自然的白髮後，發現有許多好處，一是免去了隔不久就必須去染髮的麻煩。二是乘公車時再不必為了忘帶老人證件而擔心。更得意的是，如今坐入公車的老人優先座位時，非常的心安理得，不會有人加以白眼；而且遇乘客多無空位時，時常會有人站起來讓座。有時讓座人那種和善敬老彬彬有禮的神態，使我頗為感動。這也可以說是，這個社會上，對白髮老者的尊重吧！

一九八九寫於加州

珍惜相處時

去年底趁耶誕與新年假期，往田州與威兒全家相聚。新年前後連著數日飄撒雪花紛飛，戶外呈現一片銀色世界；景色雖優美，但卻不宜外出。地上結冰行路易滑倒，開車也容易因車輪打滑而生意外，所以那幾天只是待在家裏。

晚飯過後，抹淨桌面，兒媳天正搬出材料與器皿，婆媳二人一邊閒話一邊開始做小吃食。用作派皮的材料做皮子，包入牛肉洋葱咖哩的餡，做出一個個玲瓏小巧的咖哩餃。放進烤箱裏，片刻工夫就聞到咖哩飄香，一個個油亮晶黃、捏有花邊的小點心就呈現眼前。待冷後，裝袋或裝盒放進凍箱以備隨時取來待客；或是作家人消晝消夜之用。捧一杯熱茶取兩個烘熱的小咖哩餃，邊吃邊閒話、看電視或是閱讀，都是最愜意的享受。

兒媳說已有多時不做它了，現趁姆媽在此，兩個人邊做邊聊天做起來比較有興致。的確也是如此，婆媳倆邊做事邊話家常，可把不在一起時，各自一方的情況與見聞較詳的敍道一番，把不在一起時的這段空間彌補串連起來同享其樂。

那日午後，正倚床閱讀消遣，威兒踱進房來坐在床邊書桌前的轉椅上。我放下書本母子二人閒聊起來。話題最多的，是追憶他兒時的往事。他四歲時進入距家很近的北平第二附小幼稚園，然後升入小學，直到畢業方遷居臺灣。讀幼稚園時，我幾乎每天伴送他上學。兒童們在教室學習唱歌遊戲，一些陪兒子上學的家長們都等待在家長休息室，或織毛線或做針線活，直到中午放學與孩子一同回家。教室與休息在同一個院子裏，教室內的教唱歌聲嬉笑聲、老師大聲的叱責或是讚美聲，都可清晰的傳入家長們的耳內。我等於是隔室同習，對威兒所學的一切，以及所有的老師與每個同學幾乎都瞭如指掌。卽使升入小學直到畢業，因爲他的弟妹二人也陸續進入這間幼稚園和小學；爲了對孩子所學增多了解便於回家後復習與督促，我仍經常陪送上學。有這種原因，所以他們的老師和同學，我都熟悉得一如我的朋友與同學。現在閒來無事又把他兒時的陳年舊事一一翻憶一番，說說當年那些同學誰與誰的各種有趣事跡，把兒時學的歌謠歌曲也從記憶之箱翻了出來吟唱一番，記憶不清詞句銜接不上時，互相搜索提示不禁相對粲然。當年母子倆合唱時，一個是少婦一個是黃口小兒，如今則已是銀絲滿鬢的老太太和在他人眼中常不苟言笑的大教授。雖然時光不因容貌改變，但是歡愉的情緒卻毫不減低。

有人說，最值得使人歡欣的事情，是彼此間有相同的記憶。待多年後，彼此重話當年時，彼此會相同的感到無比的歡欣而暢然。

人與人的相遇，不論關係是親是友甚至陌生人，都是有緣。俗話說五百年修得同船渡，若僅是同渡就需百年的緣，那麼如果是朋友、同窗、同僚，以至親人中的姑嫂、平輩、婆媳、夫妻等等，其彼此間的緣不是更爲深厚。人與人在相處一起時，也許不覺稀奇毫不感覺珍貴；甚至故生嫌隙以至反目弄得兩敗俱傷。如能珍惜彼此相處的緣，不去醜化它，而伴以誠懇與和善的情感；不但在相處的當時可彼此感到欣悅，日後也許成爲一段最美好的回憶。

一九八八春寫於加州

無聲世界

侄兒樂林三四歲時與父母家人住在昆明，不幸罹患重症發高燒。當時正是對日抗戰最劇烈的時期，大後方醫藥十分困難；在醫生與家人盡力醫護下雖然挽回了生命，但仍然損及聽覺神經而使他失聰。不幸他正在學話年齡，因爲聽不到別人的言語，以致把日常會話也漸忘記，成爲一個聾啞的人。所幸他自幼身體健壯，大病後調養一段時期又恢復茁壯。

勝利後與父母定居香港，在港入聾啞學校接受一般正規教育外，還學習西洋畫和中國國畫。他天資聰敏，在十四五歲時，不但精悉一般普通知識學識，還畫得一手好畫，不論油畫國畫都有很好的成績，並開過幾次畫展。十八九歲隨家人移民美國，努力自修進入設在華府的全世界唯一的聾啞大學。校內課程除一般正規知識學識外，特注重教授學生各種工程技能，例如建築、土木、水電、木工鐵工，以及各種細緻的手工藝，使學生學有各項專長手藝，將來躋身在人才濟濟的社會上有謀生之道，不致因聾啞而遭排斥和淘汰。

他在該校畢業後繼攻讀碩士，取得碩士學位後卽在康州哈福市某大公司（專製造飛機零件者）擔任工程方面的工作。這時由香港一位熟識的牧師介紹，和香港聾啞學校畢業的一位女青年認識，兩人書信往來年餘，互相取得了解而走上結婚之途。兩人在康州哈市附近花明村組織了小家庭。

結婚四五年已有一子一女，上月我到紐約探望兄嫂，與孚哥同往花明村看望侄兒夫婦及他們的子女。發現這個小家庭比我兩三年前來訪時，已有很多改變。一是住屋內外的增建，把頂層閣樓改成了小巧舒適的臥房；地下室添建了浴廁衛生設施及全套的廚房設備，還開闢了爲沖印照片的小暗房（他精於攝影，最近曾獲比賽首獎），成爲一層設施俱全的獨立小家庭住宅單元。一樓起坐間外新搭起寬闊的露臺，可供納涼賞月進餐；院中還開闢了數處菜圃，種有各類蔬菜。這些都是侄兒自已繪圖設計，利用工餘之暇親手築建開闢的成績。

還有更大的變化，是這棟房屋中原本是無聲的世界，他夫婦倆全憑手語交談；因爲終朝相處，兩人手勢神情中極易完全了解對方的含意。如今大的卽將是四歲的男孩，已可以說普通日常生活中的言語（因爲已入當地幼稚園），小的歲半的女孩也在牙牙學語中，使這棟房屋裏平添了許多笑鬧哭叫喧嘩，變得熱鬧而更有生氣。

最有趣的仍是兩個孩子，不到四足歲的男孩思銓，因爲是在失聰的父母懷抱中長大，父母對他們的教導完全賴用手勢表情，所以他也學會了這套無聲的言語，與父母做溝通對答。看他不出聲的頻頻比手劃脚，挑眉游目作式表態的小樣子實在有趣。

最可笑是他因爲習慣成自然，對我這個乍來訪的姑婆，也常用手勢來表達意見（把我當成了聾人），看他一本本經向我比畫，使我笑不可抑急忙對他制止：「別作手勢，用嘴說話！」他馬上也哈哈大笑一如有所悟的立刻開口說話。兩人邊說邊笑，這種情形一天要發生好多次，成了我二人間的笑源。

小的女兒在牙牙學語還不會講話，但已了解用手勢來補拙，看到相片中的小娃娃，她會立刻兩手抄攏作搖晃之勢來表示——這是嬰兒；將來定又是個小手語家。

聽覺失聰的人，無論學習任何事物都比平常人更艱苦困難，要比平常人費加倍的精力才得了解。但也可能因爲處在無聲世界中，較少分心分神，若能以此補其短，靜心專注的去學習去工作，更易有較出色的成績。例如侄兒樂林，他卽是將未來歲月分成幾期加以計畫，現在年輕力壯努力工作賺錢，經常週末加班。有了較多的收入來改善添建住處，使父母將來同住有所依，使子女接受最好的教育，將來自已年老，夫婦可安適度晚年。他正按自已計畫一步步的向前推進。

在處理日常生活中，聾人家庭裏有他另外的一套設施。在樓上下各室及走廊各處，都裝有訊號燈，遇到有人按門鈴、電話鈴聲、兒童哭啼叫嚷，以及開門、關門、重物落地等，凡是室內發生高聲響，燈受音波影響就會頻頻閃亮。聾人聽不到聲響但看到燈訊卽可警覺按部尋源予以處理。

再說專爲聾人設計的電話，是在通話機邊附設一臺可以收發的特製打字機。當燈亮接通後，把耳機放在打字機的關鍵上，雙方不是用口講，而是在機上打字，一來一往一先一後，各把要講的話打出，同時雙方機上紙張卽可清楚出現雙方的問答言語而一目瞭然。但這需互相都有這種設置的人家或聾人機構才能互相通訊；這對聾啞人來說，是非常便利的傳話用具。

在侄兒家小住三四日，見他夫婦經常互相略比手式就現溫和微笑顯示充分了解對方之意。使我這旁觀的長輩頗感欣慰。想起昔人有句：「花如解語還多事，石不能言最可人。」想這耳聾的缺憾在他倆的無聲世界中，也可減少許多一般夫婦間不必要的爭執齟齬，就是偶有意見相左，也不致惡言相向；在無言的沉默中，過片刻也就使意氣之爭化爲煙散雲消了。願耳聰目明的夫婦們，遇有不愜意小爭執時，不妨裝聾作啞，藉沈默可氣平，分析是非化干戈爲玉帛豈不是好！

一九八四夏寫於馬里蘭

小城食話

你聽說過一份八盎斯分量的牛排（T-Bone Steak）標價僅九角九分錢嗎？長住於美國東西岸一般大城市的人，很難想像到，在一些小城市的食物售價，與繁榮的大城市有很大的差距；飲食習俗風氣也略有不同。請聽我慢慢道來。

春節前，住在田納西州馬丁城的大兒子達威來電話邀我去他那裏度春節。因爲兒媳預備在春節間返臺探望壽高八十八遐齡的老母親。大兒家中，自從一雙兒女往喬州升大學住讀以後，家中就僅剩「二老」。如今兒媳返臺省親，家裏就剩下威兒孤單一人，所以邀我這「老老」去與他作伴。這當然是義不容辭，而且爲老母者，最欣慰的事，就是尚能有精神體力去照顧兒女。何況此去正好利用居家空閒，可爲子媳孫輩多做些各種可口的「華食」，除每日可爲威兒換換口味，更可裝滿凍箱，留待媳孫輩回來時，他們四口同享。

電話中徵詢威兒意見，希望帶些何種東方食品前往。他說什麼都不需要，姆媽是來度假的，又不是來做工的。但是，我想到展現在馬丁小城各食品店中蔬菜項目寡少現象，不要說絕見不到東方食物和調味料，就是每日不可少的青蔬也僅是包心菜、胡蘿蔔、洋葱、大芹菜、大黃瓜、青菜花、大茄子少數的幾種；十幾年來項目不增不變總是這幾種。我沒有聽從他的意見，此去的行李箱中帶的都是吃食與材料：香腸臘肉、粽葉、餃子皮餛飩皮、大包粉、銀耳木耳、香菇金針、紅棗、黑棗、蓮子、梅乾菜、牛肉乾、芝麻糊、各種糖果零食等等塞滿了一箱。

最初幾日忙得很起勁，包粽子、蒸包子、燉銀茸、包餃子包餛飩。但是當地的蔬菜看了很令人洩氣，不但不够新鮮而且售價特貴。走了好幾家才看到有大白菜。黃芽白菜在舊金山一帶每磅售三角餘，這裏卻要一元左右。包心菜在西岸是最便宜的菜，每磅不過兩角餘，但此地則需六角，而且它在此是蔬菜中主要的項目。其他僅有的幾種蔬菜，售價也都偏高，比西岸高出一兩倍。望著項目寡少疏疏落落而又欠新鮮的菜架，不禁暗爲當地人吃的方面叫屈與發愁。

母子二人的三餐做起來很簡單，但在缺少材料的情況下，不易變化花樣，威兒屢次倡意：不要弄飯，我們去外面吃。但在一向居家生活習慣上，到外面吃只是偶一爲之的事，若三天兩日都到外面吃館子，就像是破壞了歷來的生活習慣，而且上館子的開銷肯定是比在家裏吃要破費較多。這是我的意見。但，威兒翻閱著桌上一疊印得花花綠綠的宣傳廣告說：「這些都是隨報紙送來的優待券，早餐、快餐、正餐，五花八門什麼樣的吃食都有，妳看標價多便宜，眞是不吃白不吃！自己弄既費時又費事，而且所費的成本絕不會比優待券的價碼低……」

我順他手中細看這些每日隨報紙送上門來的各式各樣吃食的 Coupon，每份都印得色彩繽紛形態逼眞，不論是漢堡包三明治或是比薩，或是炸鷄炸魚與牛排大餐……，每份食品都顯現著色香味似欲衝出紙面，使人不禁有急欲品嘗一口的垂涎與食慾。

馬丁小城人口不過萬餘，各類美式飲食店不過十多家，爲了爭取顧客，每間店都經常散發優待劵，或是每週規定有兩三日提供特價有折扣的早午或晚餐。試想想，一份 Sausage and Egg Biscuit 只需八角九分。一份四分之一磅的起士漢堡包或是洋火腿加起士三明治只需九角九分。二分之一磅的 Roast Beef 漢堡包或是一份 French dip 只售一元五角。一份炸魚全餐包括三片炸魚、炸芋條、炸玉米球和 Cole Slaw 只需一元九角。似這樣，每份售價僅一兩元的食品種類繁多。以這樣低價錢自己絕做不來。每到進膳時間，任選自己所好的餐飲店，坐在窗明几淨的餐室裏，迅速的可以享受熱騰騰現做現供應的食品，既無需食前的調烹也無需食畢的善後，最要緊的還是標價低廉，經常用五元上下就可以打發母子二人的一餐。而且我對口味欣賞非常廣泛，並不拘限於東方食物；似這等省時省事又美而廉的情況，何樂而不享呢！

最使人感到滿意與合算的，莫過於吃牛排大餐。Bonanza 的薩拉巴 (Food Bar) 在當地一向是名聲最好的，不但生蔬熟食種類繁多而且十分新鮮，有多種蔬菜是在當地難得買到的。在大廳中五彩繽紛的擺滿長長的兩臺食品至少有二三十種，連湯類甜點和霜淇淋，任你盡量取食，每人僅需四元兩角錢，似這樣供應豐盛的 Food Bar，在一般大城市中至少需花六七元。該店的標榜是一份可盡量吃的 Food Bar，加上一份八盎斯分量的牛排大餐（T-Bone Steak），全餐只需再加九角九分錢，像這樣廉價的全份晚餐，我還是第一次聽到，也是第一次嘗試。不過如果你開始即被那色彩繽紛種類雜陳的薩拉巴所吸引與誘惑，對它施與青睞；然後當那份手掌大的鮮嫩牛排連帶一個比網球還大的烤洋芋送到你面前時，可能你只剩有對牛排而嘆的份兒，因爲實在吃不下了。

此後兩週餘各店輪番品嘗下來，對當地人在食方面又有新觀念——雖然當地比大城市蔬少而貴，但卻有比大城市無法相比的物美價廉的餐館可享受。不禁爲之欣慰而且感到公平。

小城人口少，一般略有社會地位的人大都相識。在這個既無任何夜生活又是「拽堂（Dry TOWN——禁酒）」的小城市，大家唯有吃吃小館子是爲最好的娛樂。熟人相邀或相遇，一塊吃吃聊聊，也是很愉快的社交生活。

從田州返加州已有月餘，每憶及母子倆親切相處逍遙自在的那段時光，仍不勝神往。

寫於加州

寵物情

眼看你出生

那年夏夜，睡夢中聽到幸兒不尋常的吟吠聲，可能是要生小狗了；起床到院中查看，在密葉蔥蘢的燈籠花架下找到了幸兒。牠不在舖置舒適的狗屋中，卻在花架下潮潤的泥地上，刨了個淺淺的凹槽臥在其中。眼看牠先後生下了四隻濕漉漉的小東西，噢！添了四隻小紐芬蘭。

紐芬蘭犬是產自加拿大聖羅倫斯河口海灣紐芬蘭島的名犬。有高大雄壯的體型，全身披有長柔烏亮的黑毛。既是工作犬又是漁獵犬，當地人驅使牠們駕車運物與伴同出海捕漁，牠們水性良好可以入水救難。

家中有兩隻成年犬四隻幼犬實在不易照顧，而且食指浩繁。在四個活潑調皮的小狗中，選中了特別健壯又溫順的你，其他三個送給了親朋。

眼看你茁壯

夏去秋來，你已長得圓胖胖的，披著一身烏澤光亮柔毛，可愛得像是個黑絨絨的玩具熊。於是爲你起了「Teddy Bear」爲名，爲叫著方便，大家都喊你「T．B．」。你是個乖巧溫順的小狗，整日跟前跟後在家人腳步下打轉。你不像你父親木斯，他小時候那麼喜歡亂咬東西，把一家人的鞋子都咬得七零八落；見人們只顧觀賞電視不與牠玩耍，便把電視搖控器咬得都是犬齒痕。但你很乖，叫你待在一邊不要打擾，你就安靜的伏在一旁陪家人們看電視。

你最喜愛小孩子，如來了小客人或是在街上散步時遇到男女兒童，你都搖頭搖尾的湊上前去表現喜愛的熱情。但當你日漸茁壯，這種熱情往往會使對方受到驚懼。你那高大雄壯、百餘磅重像隻小黑熊的形態，怎能不嚇著陌生人呢？牽你走在街上，往往會聽到相遇的小朋友，遠遠的指著說：「媽咪，那是熊？還是馬？」待他們發現你很友善時，都會消除了疑懼而對你拍拂一番。

在狗性上來說，你實在很憨厚老實，從不對人狂吠和齜牙咧嘴的顯示敵意。但是那有純血統、上一代得過獎的你父木斯，卻是經常顯示一副王者之風，對陌生人總保有一份警惕，在家中也是爲吾獨尊，幸兒與你都得讓牠三分。遇有美食時，牠總占先，甚至霸食你的份。你總是禮讓牠，待牠滿足而去你才繼續就食。雖然少壯的你，體型上已大過牠兩三號，體力上也定強過牠，但你卻不動武不與牠爭。爲此，家人們常感不平，有時會暗中偏向你。

眼看你衰老

歲月不居，轉瞬你已是十二、三歲，在狗壽，你已是進入古稀高齡了。可是在朝夕相處中，並沒有想到你已老邁，總認爲你仍在雄赳赳的壯年。首先發現情況不同的，是清晨帶你例行的散步。遇到上坡路時，你有氣喘呼呼的現象。有時在登階或下階時，你偶爾會失足踏空、摔個就地滾，我還笑你因貪看街景東張西望不注意上下階。誰料是你既已年邁、又患了風濕。是在獸醫檢查時，醫生說，你已高齡又患風濕。囑咐少帶你長途散步；因爲你巨大而重的體型，對你患風濕的四肢是沉重的負擔。

至此，方警悟你已老了，又患了痛苦的風濕症。內心不禁爲你黯然，而有同入老境堪相憐的慨嘆，因爲我也是古稀之人了。不論是人是獸那個又躲得過「衰老」呢！但料不到你的衰老演進得如此快速，僅一兩年間，你已不良於行。清晨散步當然已停止，初停止時，每當清晨，你從落地玻璃門望到室內我的身影，就會高興的起立等待，但見沒有動靜，就不免吠叫兩聲表示「該出發了」，待久無回響，你伏下來把頭枕在前腿間，一副失望的神態令我慼然。

那夜睡夢正酣，聽到你的吠叫，平時夜間你也常有輕吠，但幾聲即止。但這次連續不停吠聲有異，不得不披衣起身查看。見你跌入魚池中，坐在水裏哀叫喊人來救援。你本是水狗，是游泳的能手，現在竟被困在淺淺僅有一呎多深的平底魚池裏。坐在冰冷的水中，你那風濕痛更在爲虐了吧？兩三個人費了好大氣力才把你拖推擡的弄上池邊。用兩三條毛巾爲你拭擦濕透的長毛。眞是又氣又惱又憐憫。怎麼如此不小心，踏入了這麼淺的魚池中也上不來呢！

眼看你……

摔入魚池以後，你更是寸步維艱了，連吃飯都不能起立，伏於地上享受你的食物。日間或夜半有時聽到你輕吠，是自娛你殘餘的生命？還是因風濕痛而呻吟？無法了解，也只有慨嘆。隨後更因不良行動而常惹麻煩，使家人日間外出工作時，都常掛慮難安。獸醫說：困頓於衰老病痛中，有如眼看油燈逐漸枯竭而熄滅；但熄滅前所承受的痛苦煎熬是殘忍的，他建議由醫院把你接走。

那天，眼看著他們把你擔走，你乖順的沒有掙扎與抵抗；甚至連依戀的回顧都沒有。是怨恨嗎？還是一切置之度外，無依無戀的只想安息？不由熱淚盈眶，此後再也不能看到你了，再不能親切的呼叫TB，再不能有親暱的繞膝追逐的身影。每當夜半夢迴風吹樹梢，依稀彷彿聽你在院中輕吠，不禁悵然！

一九九〇夏寫於加州

健康即是福

坐在候機室等待登機時舉目閒眺，見散落的坐著些等候登機的旅客中，有不少是白髮婆娑的老者。這些老先生老太太們可能都是趁假期往散居他處的兒子女兒家，去與兒孫們團聚的。

登機落座後，發現鄰座上坐的一位看似五十多歲的胖太太，正是方才坐著輪椅被推上飛機的。她是位聽不懂英語只會講西班牙話，腳有毛病行動不便的半老婦人。我只了解她的目的地是紐奥良，但這班飛機的航線不經紐奥良。我告訴她，她必須在休士頓下機再轉搭飛機或乘其他交通工具前往紐奥良。她似懂非懂的點點頭。降落休士頓時，我提醒她該下機了。看著她被服務員扶上輪椅推離機艙一臉茫茫然的樣子，不禁非常爲她擔心——身處異鄉言語不通又身有殘障行走不便，但願下面候機室中已有她的親友在等待接送她，使她不致遭遇困難。

在這中途站上機坐到我鄰座上的是一對黑人母女。女兒似有四十左右，衣著整齊而健康；但她的母親看來雙目無神眼光呆滯動作遲頓，像是已有八九十歲人已老朽的樣子。眼看著作女兒的把機上供應的花生米，慢慢一粒粒的送入她母親的口中，老太太毫無表情的只是嘴在不停的嚼動。我擔心老人家可能牙齒不好，嚼花生米太費勁。我取出所帶的甜點遞給作女兒的。她道謝說，她母親不能吃「甜食」。隨後她絮絮的告訴我——她母親今年七十四歲，三年前她父親去世，隨後她母親的姊妹亦過世，她母親連續遭遇傷慟打擊而患了健忘症，如今既不知自己姓名住址也不悉不睬四周的事物，甚至不知饑飽。家人必須全神的看顧，不然就可能出錯。現在是帶著母親去她兄弟家度假。

聽著這作女兒的邊餵食邊敍述，看看這老態龍鍾神態渾渾茫茫然的老母親；不禁為她們的遭遇情況而惻然。猜想這位老婦人年輕時的境遇可能與早年一般黑人家庭一樣，並非富裕舒泰。想必經過不少困苦挫折，經過多少努力奮鬥，才能達到今日的生活水準，而人已進入老年；本應安享苦盡甘來之福，豈料又遭到喪偶折翼之慟，以致患上健忘癡呆病症。對她自己和她的家人是多麼的不幸。

由在機中前後兩次所見到的情景，使我深感人生最寶貴的卽是健康。健康的人很少會想及患病者的痛苦，而且也很少想及自己是多麼的幸福。記得有次在某處老人活動中心，不知何人不小心將地面弄濕汙。有人不禁抱怨，但另一位卻忙用紙把地抹乾。她隨擦隨說：「不要抱怨，弄濕的人一定是手腳不靈之故，我們還能手腳靈活動作自如就是福氣。」後者這句話令我印象至深而牢記於心，既慶幸自己雖已步入老年，但動作尚健；更願多多的幫助需要幫助的人，每聽到對方誠意的謝聲，卽感到無比的欣慰。

一九八八於田州

書桌・靈感・出世解

民國三十七年初，獨自由北平到天津搭萬里輪到上海，再搭中興輪去臺灣探望前一年調來基隆海關工作的外子。抵達基港的日期正巧是「二二八」的周年之夜，港口戒嚴，船不能進港，只得停在港外以待天明。半夜裏被敲艙門聲驚醒，原來是外子搭了舢舨到外港上船來與我會面。第二天清晨船入港泊岸，與外子到海港大樓單人宿舍中取了他的行李，就一同乘車到臺北西門町附近的昆明街海關宿舍。

當時昆明街一帶還都是矮矮的日本式木造住宅。因爲停戰僅兩年，一切都尚未能整修復建，看起來處處殘垣斷壁破落簡陋，眞可說是滿目瘡痍。

進得那間四圍沒有任何垣牆柵欄，開門就進入房間的榻榻米住宅。由於一向住慣了北平那種四周有高牆的深宅大院，從住房走到街門都須穿廊過院轉幾個彎才能達到；如今住到這種一開門就登堂入室，進門就得脫鞋的榻榻米房間，門窗玻璃殘破不全，推開房門就是大街，拉開住戶的窗子吐口痰就能啐到街上，覺得這種住房眞是稀奇，若對當時仍在北平的家人說起，會使他們覺得這是不可想像之事。

這棟二十個榻榻米的日式小住宅，當時配給了兩家。我們夫婦住後面一間，另一對夫婦帶兩個幼兒住前面的一間。當時這類日式住宅內，因爲有榻榻米與壁櫥，當地一般住戶都慣於席地（榻榻米）坐臥，不需使用床椅櫥櫃等家具，全屋可能只有一兩個小矮方桌，做爲吃飯時用，屋內多半是空蕩蕩的。衣物被褥都收在壁櫥內，夜間取出舖在榻榻米上全屋卽成一個大床舖。

脫鞋踩上說軟不軟說硬不硬，走上去顫悠悠的榻榻米，在這間屬於我倆的小天地內張望一下。見到爲了我的到來，外子前些時，特去木器行定製的床、桌、椅（當時市面上尚沒有家具出售），雖然是很粗陋的木板床，兩張木椅，一張僅有兩個抽屜的小書桌，但已使我深爲滿意。尤其是對那張小書桌，更是心領神會他的盛意；可能是他想到我常喜歡塗塗寫寫的緣故。雖然一張書桌與一張方飯桌，都可以一桌兩用，旣可供書寫又可供進膳，但究竟是坐在書桌前書寫與坐在飯桌前書寫的心理感覺上有點不同，何況書桌還有兩個抽屜可供收置文具之用。每當利用這張小書桌進膳或書寫時，想到他捨飯桌而購書桌，都會從心底升起一股喜悅與感謝之情。不由得就常想坐下來寫些什麼。不要辜負他的美意。

隨後由於子女全家也都來到臺灣，住屋也另配到較寬敞的宿舍。三個孩子由小學中學而大學，每個人也陸續需要有一張書桌來做功課。這張給予我頗爲親切感的原始小書桌一直被保留著，不過已輪到給女兒——家中最小的一個人使用。

在離臺來美的最後三四年，那時因爲子女都已出國進修，家中又恢復只剩下我夫婦二人，同時他的工作也由臺北調到高雄住在西子灣。那是我所住過的，環境最安靜優美的地方。不但房間多，庭院寬大、樹木蒼翠、花卉繁茂，而且環山面海，終朝可聽到海浪的波濤聲，鳥兒的互鳴聲；那是大自然優美旋律的大合奏。處身在那種寧靜而景色優美的環境中，可以使人怡然忘憂。最使我感到愉快滿意的是我獨自可擁有四個書桌，可以分別在不同的四個房間中寫作。

那是一座純日本風格的木造高級平房，房屋四周有參天的大樹，錦簇的花圃，假山魚池與噴泉。房屋內部曲折有致，每間都可以有敞亮的大窗對著景色如畫的庭院。寫作也需心境心緒來培養引發靈感，寫倦了抬頭望望窗外，風拂樹梢、鳥鳴枝頭、蝶舞花叢，立卽心曠神怡倦乏全消。可惜好景不常，在那環山近海的優美環境中，僅住了兩三年，外子就因病退休，離開那座關舍時，頗使人依依。

來到美國後與長子威兒全家同住。因爲原住屋僅有三間臥房，似嫌狹小。另就近購地自建，那時我與外子常踱到工地看工人敷地豎牆，看它一步步興建。誰料新居尚未完成，外子卽因心臟病遽發而逝世。

當新屋完成裝置內部時，威兒特爲我的臥房當窗這邊裝了整面牆的書架，窗下是一長排兩端牆到牆的長桌櫃，如此在伏案書寫時，旣可有充沛的光線又可隨手在左右書架上取用書籍。長案下左右的抽屜櫥櫃又可收置文具雜物。他的設想周到與孝心十分可嘉，但因遠離故國客居異邦，又遭折翼之慟，文思閉塞心境鬱寂，難有興致提筆。

去秋到西岸在女兒家小住，曾跟隨她到舊金山州立大學，在林雲教授的「觀氣大法」班聽課。林教授所講解的課業雖然都很奧祕，常以「緣生論」來講述世事之造因而引起之果。由對「觸機」觀感不同而產生之不同後果。並常指引「出世解」以化解疑難。雖然林教授常說，「出世解」的方式，因爲是不合邏輯的，所以不易被一般人接受。

但有些「出世解」雖然是很奧祕聽起來與事實似是風馬牛不相及，但在我個人的領悟過程上覺得當你心靈合一的去實施與細細的揣摩下，自然會有一股無形的扭轉力量。它使我悟出歲月不居，人生短暫，實不應使自己長陷入消沉落寞哀傷中，應盡自己的能力多學多做，多往好處想，多往好處做，多顧及別人少思量自己。有如此新觀念，就似天地豁然開朗，又是一番美好的世界與人生。

當據案執筆舖下稿紙時，心靈也似可與文思貫通，可以順利的我手寫我口，我筆述我心。但願與我有相同情況之寄寓天涯折翼孤鸞不要長處在哀傷落寞中，應振作起來，邁著堅強的步伐，繼續走向前途，重享受光明美好的人生。

一九八二年暮秋寫於加州

更殘夢斷天涯路

——哭么弟同成

二月中旬收到你今年寄來的第一封信，說是：「最近身體不大好，在昆明住院三四天作詳細檢查，明天卽可出院回家。還不悉檢查的結果，下次信中當可向妳報告……」

多年來你時患肩胛炎臂痛擡手不便，那是抗戰時在後方公路翻車所留下的毛病；前一兩年也曾去醫院小住治療，除此外，從你最近寄來的相片中看，仍是個狀狀實實的小伙子。你是兄弟姐妹同胞四人中最年幼者，雖然已屆花甲，但在我這個做姐姐的心目中，你一直是個粗壯憨厚樸實年輕的小伙子。

翹盼再來訊息中，揣測你可能是肩胛炎又發作，治療休養幾天就可健康如常了；不料二月底卻收到「同成弟肝癌病危」的電報。這有如晴天霹靂使人震驚的消息，是小妹由北京拍來的。怎麼會？怎麼可能呢？才讀完你那字體工整細密寫滿兩三頁的航信，信中只說是不大舒適嘛，怎麼才幾天的時間就成爲「病危」？而又是已由昆明到了北京呢？

隨後接到的信息，說是在昆明檢查，化驗出是急發性肝癌已至末期，急轉往北京醫院住院就醫；北京的醫生也同樣說法——最多還有三兩個月的生命。得此消息使我焦慮悲傷，終日惶惶，既不能分擔你病痛又不能親自照顧你的醫藥，只有日夜虔誠祈禱希望回天有術，出現奇蹟使你豁然病除。在醫生和親友盡力醫護下，並未能挽住你的生命，你終於在四月五日捨下妻女與親友而去了。你我姐弟遠隔重洋未能與你見到最後一面，內心有無比的哀傷悲痛；聞聽你自知不起後，在彌留昏矇中頻頻呼喚哥哥姊姊，更令我肝腸寸斷，熱淚如泉。你內心的思念和遺憾也正是姊姊我內心的悲慟與遺憾啊！

回憶我們姊弟在人生六十餘年間，因為父母早故和戰亂連連，實際相聚的日子太短了。記得你自幼聰明活潑深得父母兄姊的寵愛。三四歲時，有一次我與小妹把一個小柳條筐用帶子綁在你肩背上，筐中放了兩三個小皮球，於是你就背著它滿屋子走，還學那賣山貨鴨梨的人，用一個手摀著耳朵高喊：「大鴨梨來喲……」逗得我們笑個不停，邊笑邊跟在你後面轉。你那活潑可愛的小模樣至今深印我腦海，而一晃已是將近一甲子的歲月了。

不幸在你四歲，父親就棄我們仙逝，母親帶著年幼的你與比你大兩歲的小妹扶柩由北京返故鄉安葬，留下孚哥與我寄居蘭姐家讀書。才八九歲的我，就嘗到一家分散生離死別的悲哀，時常躲在小屋中暗自垂淚；有時獨自低哼著：「甜蜜的家庭」歌曲，拂摸著掛在牆上的大廣告畫，把畫中的人物按上我們兄弟姊妹的名字，幻想著與母親與你及小妹孚哥大家在畫中會晤。當時幼稚的心靈中並不懂甚麼叫離愁別恨，只是內心強烈的「好想念你們」！

母親帶著小妹與你再來北京時，你已是七八歲就讀小學的年齡。那時已進入初中的我，雖僅大你五歲，但心理上總覺比你長大許多，不再和你湊在一起玩小孩子玩的遊戲，而你也已長得壯實淘氣，常雄糾糾的以武士俠客自居；常伸出手掌來自炫，說是生就「通關掌」能够力劈惡霸奸小，終日活蹦亂跳像是有永遠用不完的精力。雖然外表你是這麼粗豪健壯，但實際身體並不很健康，十一二歲患上俗稱瘰癧的淋巴腺結核，後又轉成腳骨炎。一隻腳由腳掌糊上高及膝部的石膏，你仍照舊精氣神十足毫無痛苦愁容，單腳跳蹦嬉戲如故，以致母親戲呼你爲「蠻牛」。

母子手足團聚了沒有幾年，在你十四五歲時，不幸母親患了脾臟腫的重症，每發作卽大口吐血，終於以僅享有五十三歲的壽命就捨下我們兄妹姊弟四人去世了。

那時北方已是兵荒馬亂人心惶惶，政府宣佈對日全面抗戰。孚兄嫂帶你與小妹去了大後方，我已結婚與姐丈一家老少留在淪陷區。記得你臨別時遞給我一個銀行存摺託我保存，想不到你還有二十元左右的存款。以當時的幣值來說，二十元對一個初中生已不是個小數目，你是如何一分一角一元的由你那些少的零用錢中儲集起來的啊！想起母親在世時曾誇讚你不亂花錢，讀小學六年級時去參觀運動會的零用錢，僅花了一角買一小盒萬金油袪暑，而沒花在零食上。這事給我印象很深，覺得你雖調皮淘氣，但有樸實勤儉的長處。離別時，你那一臉嚴肅凝重默然的神態，已找不出往昔的活潑和蠻勁，像是一下子長大成人，內心負擔著太重的心事，與滿懷傷別的我相對垂淚無語。想到你們此去後方，千里迢迢一別不知何日才能太平重聚？而且已失去母親的翼護慈愛，年少的么弟會不會也像我當年寄居蘭姊家時的孤寂與得不到關懷？強盼著最多兩三年戰事平定，姊弟兄妹就可團聚，誰知那一別竟是四十餘年。

抗戰勝利舉國歡騰，盼著手足重聚有期，想不到未能盼到你北歸，在民國三十六年秋，姐丈被調臺灣，隨後我們全家遷臺。最初一兩年還接到你由雲南來信，寄來在雲大畢業的學士照片，見你已是個戴方帽的英俊青年了。隨後因爲鐵幕深閉，從此與你斷了消息。

在懷想掛念中度過了四十寒暑，終於獲得手足四人團聚的願望。當我與孚哥由海外返鄉見到你與小妹時，眞是亦悲亦喜猶疑是夢。淚眼模糊中看到的已不是記憶中年少活潑精神十足的么弟，既驚歲月無情，青鬢年少時分手，重逢時已白髮如霜。更痛手足們半生來聚少離多，才重聚又須別離，各自海角天涯。

記得與你默坐在北京景山最高的亭外山石上，姊弟倆內心裏是那麼親切接近，但又像是那麼有著距離的生疏。兩人都不想提童年時的歡洽親暱，怕引起親故手足分散的傷懷；也不願多提海外生活境況，怕因與國內差距過大而惹你感慨；更不想提這多年來國內人人的苦難遭遇，徒惹傷痛心驚。

在太和殿前留下姊弟倆的合影又重分手。那時深以爲你我雖都垂垂老矣，但身體都還健康，此後定有更長相聚的機會。你信中曾說「擬退休後回到故都養老，那是我們從小生長的地方。」

當然包含了手足相聚機會較多的重要原因。誰料在你正開始申辦退休，竟突然發生致命的癌症。

在天各一方這三四十年的歲月裏，懷念親情思念故土的情緒就像是無形的蛇，經常繞纏噬痛我心；但有一份期望在支持著我，總想到「留得青山在」在有生之年，姊弟兄妹定有重聚話當年，暢享親情的機會。絕未料在四兄弟姊妹中最年少的你，竟走在兄姊之前突然去了。悲慟淚漣中一直排斥這個不幸的消息，每一觸及邊緣就心痛滴血把它推出思緒。

雖然在有生歲月中，也是天涯海角難以會面，但究竟是同在一個人世間，仰望天幕星辰有天涯共此時的遐想與安慰。如今你竟突然從這個世界上消失，使我感到一片茫然，掛念關懷也迷失了方向，迷夢中也難找到你的踪影。

你我有緣生爲同胞姊弟，而造化弄人，此生卻是聚少離多；如今連最後老來相聚於故土的願望也成泡影。同弟，同弟！我唯有痛哭失聲，還有何期望！

一九八四立夏日寫於田州

傷感情的我們・你們・外國人

十多年前，家住臺北時。某日我在上班時，接到外子的電話。他因公事，與四五位同事到日本出差一週；電話中報告說，他已安返抵家，同時告訴我，家中還有一位同機而來，在機上才認識的客人，是馬來西亞的廣東華僑（當時還是馬來聯邦的時期）。

這位二十多歲的女旅客，大學畢業後在銀行界工作了三四年，儲存了一點錢，於是單獨一人由東南亞到日本及臺灣旅遊度假。在機上她向外子等人探詢臺灣的旅館情形，希望介紹個安全而又價廉的住處。當時臺灣的觀光事業還不是十分發達，旅館也不多；大家認爲對一個年輕的單身女遊客來說，若能在可靠的人家中借住兩三天較爲安全與省錢。

當時舍間因子女都在外求學，家中只我夫婦二人。看在都是同胞更何況都是粵人老鄉，外子答允歡迎她來借住兩三日。

我懷著一片「人生何處不相逢」對自己同胞的熱情，誠懇的歡迎她。在共餐閒話中，卻被她無意的言語將我一腔熱誠的情意，似淋落冷水般被刺傷。那時還曾寫了一篇題爲「萍水相逢同胞情」的文章，以記這位不速之客在臺遊覽事跡。文中也曾提到因爲她語言中一再說「我們、你們」似乎不自認爲是個中國人，而使我感到不滿。

過後雖然覺得是我自己的主觀太強，因爲我的熱誠出發點，是對一個在海外生長的同胞，希望她有個省錢而又愉快的旅程，讓她感到自己同胞國人對遊子的親切。

說實在，她雖出生在廣州，但自幼卽移民往新加坡，想必已是當地入籍的公民，生長過程耳濡目染的生活環境及國情上與臺灣自有不同之處，閒話中道出「你們、我們」之分界，是很自然的事。可是當時我內心卻耿耿於懷，一直不能冰釋。

一九七九年冬由美返中國大陸探親，與一對分別了三十餘年的摰友夫婦在敍談別後情況時，我竟也無意間說出了類似劃分界限的「你們、我們」，當時見那位摰友向我看了一眼，我立刻警覺而心頭一顫，因爲感覺出那冷峻的眼光中的含意。當時非常後悔，後悔爲什麼自己如此不經心。同時立卽想起當年，那位新加坡的女郎給予我的不滿；而如今我怎可以在眞正的自己同胞，自己久別的摰友面前有「你們、我們」的分界比喻。他倆內心會有如何感觸與想法？

本來就覺得我這個返鄉人是由海外天堂來的，認爲是來探望他們這些身居地獄受盡苦難與貧困的人。歸鄉人的言語中稍有不愼妥，就會刺傷了這些久經苦難的脆弱的心。可能潛意識中會把外來的返鄉人，那股久處自由天地的泰然氣質，誤覺爲倨傲，無形中卽產生了久受箝制的自卑或是感到不自然的壓迫。不過當時他倆沒有對我指責埋怨，我也沒有向他解釋這是我無心的誤言，而不是有意的把同胞之間劃分了界限；室內只是變得沉默而相對無言。三十餘年的別離，而又是生活在不同的兩個世界，似是使當年可以傾心而談的友情變得矜持生分了。這個使我深覺抱歉，耿耿於懷的遺憾，是不是能有自然冰釋的日子？

願，返鄉的人記住，言語中不要似我般無意間劃分出彼此，以免留居大陸的親人摯友聽了傷心。但也更願望，留居在大陸的同胞，不要再對著這些一腔熱誠歸鄉探親的遊子們，指指點點的稱之爲「外國人」。凡是歸去過的同胞們，想必都有如此相同的痛切遭遇——當被自己的同胞老少指稱爲「外國人」時，就如同一顆煉鐵般火熱的心，突然受到冰冷的水由頭蓋頂的澆淋下來。明明踩踏在自己的國土上，明明面對著四周的自己同胞，但卻突變得周身寒觫四顧茫茫，油然而有不知家在何處的淒冷哀傷。

但願不久後，誰也不需再有「你們、我們」的劃分感；歸來的遊子，再也不會聽到刺耳傷心的被稱爲外國人。不論在海外在國內大陸兩岸，大家一樣，全都是「我們」，而且在敍談時可以更親切的說成「咱們、咱們、咱們……」。

一九八一秋寫於洛城

槐香憶往

是從何處飄來一陣淡淡的清香，那淡淡的馥馨令人感到似如此的熟悉——這不是「槐花」的香馨嘛！猛擡頭，見街樹的濃郁綠葉中，點綴著一球球白色的小花。雖然它不是槐樹，但從那些白色小花朵飄散出來的幽香，卻很像是槐花的清香。

槐是盛產於北地的喬木，在故都的大街小巷住宅庭院，隨處都可以看到枝葉繁茂的槐樹。每逢春末開花時，空氣中飄浮著陣陣的清香。在和暖的陽光下，淡淡馨香的氣息中，使人感到春的喜悅與陶然。

自從離開故土後，就很少再看到槐樹；乍嗅到彷彿槐花的香馨，不由得引起了懷念與鄉愁。在故居大門口外，有一株幹粗葉茂蔭遮遍巷的老槐樹，北院中庭兩側有兩棵徑如大碗口粗，枝葉高過屋的大槐樹。南院有四株成一排的洋槐，東西跨院裏各有一株枝椏四伸的龍爪槐。童年的歲月可說是在槐蔭下長大。每逢開花的時節，我們這羣兄弟姊妹，常把那些似蠶豆大小，形狀像蝴蝶般小巧可愛的乳黃色小花朵，撿拾起來用針線成串，當作項鍊手鐲甚至掛在耳上當耳墜，戴起來炫耀玩耍。或是用槐葉槐花扮家家酒，你家串我家、我家訪你家的遊戲。兄弟姊妹加上堂兄弟，七八個兒童最高興的是在樹下玩捉迷藏，老鷹捉小鷄、跳繩、跳房子、踢毽子、抽陀螺、抖空竹……。

記得有一次，大家比賽，看誰能旋轉得最長久不致暈倒。當我旋轉得頭暈目眩似要摔倒時，趕忙抱緊那棵大槐樹；在彷彿是天旋地轉中，瞥見四周的房屋和槐樹，如翻江倒海般一齊向我倒壓下來，嚇得我趕忙鬆開雙手。哪知身體立刻直挺挺仰面朝天的向後摔倒在地上，害得我後腦勺疼了好幾天。以後就再也不做這種傻事了。

讀小學一年級時，看年紀較大的學生養蠶。把軟蠕蠕的蠶當寶貝般不許人碰。我不服氣的說：「這有什麼稀奇，我家大槐樹上多得是；常看見從樹上吊垂下一根根細絲，吊著一條條的蠶在盪鞦韆。」他們笑我是傻瓜，說那是「槐樹蟲兒」，又叫「吊死鬼兒」，哪裏是蠶！

走離故都一晃數十年。當中共與美國剛剛建交，我與小哥就迫不及待的作「還鄉夢」，爲的是兄弟姊妹重聚和重睹舊家園。才下火車，就乘著汽車在久違了的故都市區巡禮。他急著要看他年少讀書的崇德學校；我惦念著要看少女時代日日負笈就讀的女附中。而兩個人一致關懷，而且是最欲一睹的就是我們的故居。小妹夫婦說：「不看也罷，會讓你們失望。」但千里迢迢回歸故土，怎能不回到兒時的故居去看看！

大門前的老槐樹已長得更形蒼老了，但是堂堂的大門，卻被用泥與磚封閉。而且老槐樹下巷角間，竟用碎磚破瓦砌起了一間簡陋的公廁。繞過胡同在西院牆上，另開闢了一個街門。下車，站在門邊向北院眺望，中庭內那兩株大槐樹已長得有一人環抱的粗壯。原來遼闊的庭院，多了幾間違章建築般的矮小簡陋的小屋，占去了庭院近半。院中雜七雜八的擺著一個一個取暖和煮飯用的煤球爐子。各處屋角堆積著一些柴薪煤餅。

一列北房做了託兒所，東西廂房，南院與跨院各處都住滿了人。原本屋宇軒敞庭院深深的大宅院，變成了殘破雜亂，住了十幾戶人家的大雜院。原本憶念中的迴廊高厦、大玻璃窗，窗明几淨，溫暖歡愉香馨的種種美好回憶，一剎間化為灰燼。不知是傷心，是惆悵，是對眼前景象產生強烈的排斥，欲把它阻擋在記憶之外，視若未見的當作一片空白。此後雖然兩度重踏故土，也曾懷有再看看兒時居所的意念；但都極力的壓抑住。即使是故居老屋一切如舊，那些兒時的歡樂，父母的慈愛，手足的親切，都已成追憶難再，何苦再去自尋懊惱。

一九九一寄自加州

狡兔心聲

家庭制度隨著社會的演進而漸漸改變，往時的「五代同堂」已成了歷史；到如今二十世紀末葉，連三代同堂的情況已是日漸減少。一般家庭，當子女長大男婚女嫁後，多半是自立門戶另組小家庭；有如是脫離了總公司，另開了分號。

如今時代，一般人在生活上，因醫藥與衛生的進步，人類的壽命年齡也隨著普遍的延長。當總公司中只剩下二老或是只剩下父或母時，這些身體健康情況仍甚佳的老人，在退休的清閒歲月中，不免有「往各分公司走走」，探望探望兒女的意願。若是子女多人居留海外，爲了能常與兒孫輩相聚，也就順其自然的移居海外，在散居各處的子女家中輪流小住，以慰親情以示親情均霑。似這種爲父母者，往往被人艷羨而稱之爲「狡兔」，因爲「窟多」處處均可居留。

如果爲父母者每到一家，都受到子、媳、女、婿與孫輩的熱誠歡迎，常帶著老人家往當地各名勝遊覽，和偶去品嘗些當地特有的風味。使老人家在欣享天倫之樂中，獲得安逸踏實感。而爲老一輩者，閒來幫幫子女媳婿分勞操作些家事，照顧照顧孫輩的生活；使三代相處之間充滿和樂融融的氣氛。似這等樣，可說是令人羨慕的「狡兔之福」。

但是這些寄居海外，經常出入機場作四方雲遊的「狡兔」們，對這種時常遷東遷西居無定所的生活，是很安然欣賞嗎？且聽聽老人家們相遇時，互訴的感慨。

雖說身體尚稱康健，但究竟是上了年紀，對三五個月卽移動一次，有疲於奔波之感。固然換換環境在三代之間都有新鮮新鮮的感覺，但在老人們的心理上，總會有不落實的浮動感。而且每次遷動也只是隨身小行李一二件，常在住定了才發現一些需用的物件不在手邊。天氣突然冷了，才想到厚大衣還留在某兒女家；意外需參加宴會，才發現作客的服裝沒帶來。衣物還可將就，最痲煩是書籍文件，帶著太重，不帶，遇需用時就非常不便。

再說在每一處兒女家，兒輩孫輩，上班的上班上學的上學，老人們多半都是整日長門留守，過著寂寥無趣的「五子生涯」。而且每一處，值得遊覽的地方也都遊覽過了，要品嘗的也都品嘗了。總不能讓兒輩們像招待嘉賓一樣，放下工作經常陪老人家東遊西逛。

偶爾閒思，覺得自己這一代的老人們，半生辛勞工作及奉養上一代、撫育下一代；到了老年，連個固定的窩也沒有了。連幼小的蝸牛都有一個自己的蝸居，沒有了自己的殼，豈不成了一個惹人厭的、黏答答的蛞蝓！

一九九〇寫於田州

狡兔覓新窠

「人口老化」是個現代名詞。從前的人，年過五十卽被人稱爲老人家；有些人才花甲上下，外出時就需有人陪伴照顧，到了七十歲，就被稱爲「古稀」了。如今呢？在這二十世紀末葉的九〇年代，古稀之人到處可見，甚至八十上下的人自己開車各處來去已不爲稀奇。

爲了配合人口老化「老而不逝」的社會人口日多，爲使其居有定所，美國各城市中都設有專供給老人租住的公寓；視都市人口需要而定，每城三五處甚至還多。各棟公寓大樓，由四五十戶，到二三百戶不等。每戶單位多爲一房一廳，廚浴廁俱備，或是有廳無房一大間附有廚浴廁的統艙式。凡是年滿六十二歲的居民就有資格申請。先選中格局內況與地點環境對自己適合的一棟老人公寓，卽向該公寓索取申請表格，塡妥遞入，等候有空屋時，按申請先後順序得以遞補承租遷入居住。

這類專供給老年人租住的「老人公寓」多與政府機構有關，故租金甚低廉。租金中較市價不足的部分，由政府津貼。租住老人公寓除了租金低廉外，對老年人還有其他的益處。例如，在走廊、浴室牆壁上都裝有扶手，對步履不穩的老人以策安全。在臥室浴室都裝有緊急喚人鈴，老人萬一發生事故急病等，拉鈴卽刻有值日的工作人員前來照顧。再者門戶嚴謹，外出或居家時，都不必擔心有賊盜侵入。而這類公寓的環境地點，多半在易搭車，交通與購物都方便的所在。對不開車的老人來說十分便利。所以每處公寓等待申請住入的人甚多，往往需等上兩三年才能輪到。

雖然老人住老人公寓有許多方便之處，但在國人的舊觀念中，認爲年老父母不與子女同住而住入老人公寓，家庭中一定是有問題。不是子女不孝棄養，就是父母頭腦老舊脾氣固執不易與兒輩相處。

其實兩代人分開來住，是時代演進下所促成。如今的老年父母不一定指望子女的奉養，倒願意瀟瀟脫脫自由自在，不再被兒孫輩干擾的生活。而做兒輩的在繁忙的現代生活中，也不必扣在晨昏定省一日問幾次安的老規格中。在週末假日，三代人聚晤聚晤親熱一番，未嘗不是最令人欣慰的天倫之樂。

很是幸運，我這狡兔已覓到如意的新窠，又有了固定的家、屬於自己個人的家。每年中，我可以好好的招待輪流來省親的子媳女婿與孫輩。而且偶有興致，亦不妨再客串狡兔，到各分窟玩耍一番。

一九九一寄自加州

滄海叢刊書目

國學類

中國學術思想史論叢(一)～(八)	錢　穆　著
現代中國學術論衡	錢　穆　著
兩漢經學今古文平議	錢　穆　著
宋代理學三書隨劄	錢　穆　著
先秦諸子繫年	錢　穆　著
朱子學提綱	錢　穆　著
莊子纂箋	錢　穆　著
論語新解	錢　穆　著

哲學類

文化哲學講錄(一)～(五)	鄔昆如　著
哲學十大問題	鄔昆如　著
哲學的智慧與歷史的聰明	何秀煌　著
文化、哲學與方法	何秀煌　著
哲學與思想	王曉波　著
內心悅樂之源泉	吳經熊　著
知識、理性與生命	孫寶琛　著
語言哲學	劉福增　著
哲學演講錄	吳　怡　著
後設倫理學之基本問題	黃慧英　著
日本近代哲學思想史	江日新　譯
比較哲學與文化(一)(二)	吳　森　著
從西方哲學到禪佛教——哲學與宗教一集	傅偉勳　著
批判的繼承與創造的發展——哲學與宗教二集	傅偉勳　著
「文化中國」與中國文化——哲學與宗教三集	傅偉勳　著
從創造的詮釋學到大乘佛學——哲學與宗教四集	傅偉勳　著
中國哲學與懷德海	東海大學哲學研究所主編
人生十論	錢　穆　著
湖上閒思錄	錢　穆　著
晚學盲言(上)(下)	錢　穆　著
愛的哲學	蘇昌美　著
是與非	張身華　譯
邁向未來的哲學思考	項退結　著

現代藝術哲學　孫旗 譯
現代美學及其他　趙天儀 著
中國現代化的哲學省思　成中英 著
不以規矩不能成方圓　劉君燦 著
恕道與大同　張起鈞 著
現代存在思想家　項退結 著
中國思想通俗講話　錢穆 著
中國哲學史話　吳怡、張起鈞 著
中國百位哲學家　黎建球 著
中國人的路　項退結 著
中國哲學之路　項退結 著
中國人性論　臺大哲學系主編
中國管理哲學　曾仕強 著
孔子學說探微　林義正 著
心學的現代詮釋　姜允明 著
中庸誠的哲學　吳怡 著
中庸形上思想　高柏園 著
儒學的常與變　蔡仁厚 著
智慧的老子　張起鈞 著
老子的哲學　王邦雄 著
逍遙的莊子　吳怡 著
莊子新注（內篇）　陳冠學 著
莊子的生命哲學　葉海煙 著
墨家的哲學方法　鐘友聯 著
韓非子析論　謝雲飛 著
韓非子的哲學　王邦雄 著
法家哲學　姚蒸民 著
中國法家哲學　王讚源 著
二程學管見　張永儁 著
王陽明——中國十六世紀的唯心主義哲學家　張君勱原著、江日新中譯
王船山人性史哲學之研究　林安梧 著
西洋百位哲學家　鄔昆如 著
西洋哲學十二講　鄔昆如 著
希臘哲學趣談　鄔昆如 著
近代哲學趣談　鄔昆如 著
現代哲學述評㈠　傅佩榮編譯

當代西方哲學與方法論　臺大哲學系主編
人性尊嚴的存在背景　項退結編著
理解的命運　殷鼎著
馬克斯·謝勒三論　阿弗德·休慈原著、江日新譯
懷海德哲學　楊士毅著
洛克悟性哲學　蔡信安著
伽利略·波柏·科學說明　林正弘著

宗教類

天人之際　李杏邨著
佛學研究　周中一著
佛學思想新論　楊惠南著
現代佛學原理　鄭金德著
絕對與圓融——佛教思想論集　霍韜晦著
佛學研究指南　關世謙譯
當代學人談佛教　楊惠南編著
從傳統到現代——佛教倫理與現代社會　傅偉勳主編
簡明佛學概論　于凌波著
圓滿生命的實現（布施波羅密）　陳柏達著
薝蔔林·外集　陳慧劍著
維摩詰經今譯　陳慧劍譯註
龍樹與中觀哲學　楊惠南著
公案禪語　吳怡著
禪學講話　芝峯法師譯
禪骨詩心集　巴壺天著
中國禪宗史　關世謙著
魏晉南北朝時期的道教　湯一介著

社會科學類

憲法論叢　鄭彥棻著
憲法論衡　荊知仁著
國家論　薩孟武譯
中國歷代政治得失　錢穆著
先秦政治思想史　梁啟超原著、賈馥茗標點
當代中國與民主　周陽山著
釣魚政治學　鄭赤琰著
政治與文化　吳俊才著
中國現代軍事史　劉馥著、梅寅生譯
世界局勢與中國文化　錢穆著

書名	作者
中華文化十二講	錢穆 著
民族與文化	錢穆 著
楚文化研究	文崇一 著
中國古文化	文崇一 著
社會、文化和知識分子	葉啓政 著
儒學傳統與文化創新	黃俊傑 著
歷史轉捩點上的反思	韋政通 著
中國人的價值觀	文崇一 著
紅樓夢與中國舊家庭	薩孟武 著
社會學與中國研究	蔡文輝 著
比較社會學	蔡文輝 著
我國社會的變遷與發展	朱岑樓主編
三十年來我國人文社會科學之回顧與展望	賴澤涵 編
社會學的滋味	蕭新煌 著
臺灣的社區權力結構	文崇一 著
臺灣居民的休閒生活	文崇一 著
臺灣的工業化與社會變遷	文崇一 著
臺灣社會的變遷與秩序(政治篇)(社會文化篇)	文崇一 著
臺灣的社會發展	席汝楫 著
透視大陸	政治大學新聞研究所主編
海峽兩岸社會之比較	蔡文輝 著
印度文化十八篇	糜文開 著
美國的公民教育	陳光輝 譯
美國社會與美國華僑	蔡文輝 著
文化與教育	錢穆 著
開放社會的教育	葉學志 著
經營力的時代	青野豐作著、白龍芽 譯
大眾傳播的挑戰	石永貴 著
傳播研究補白	彭家發 著
「時代」的經驗	汪琪、彭家發 著
書法心理學	高尚仁 著

史地類

書名	作者
古史地理論叢	錢穆 著
歷史與文化論叢	錢穆 著
中國史學發微	錢穆 著
中國歷史研究法	錢穆 著
中國歷史精神	錢穆 著

國史新論	錢　　穆　著
秦漢史	錢　　穆　著
秦漢史論稿	邢義田　著
與西方史家論中國史學	杜維運　著
中西古代史學比較	杜維運　著
中國人的故事	夏雨人　著
明朝酒文化	王春瑜　著
共產國際與中國革命	郭恒鈺　著
抗日戰史論集	劉鳳翰　著
盧溝橋事變	李雲漢　著
老臺灣	陳冠學　著
臺灣史與臺灣人	王曉波　著
變調的馬賽曲	蔡百銓　譯
黃帝	錢　　穆　著
孔子傳	錢　　穆　著
唐玄奘三藏傳史彙編	釋光中　編
一顆永不殞落的巨星	釋光中　著
當代佛門人物	陳慧劍編著
弘一大師傳	陳慧劍　著
杜魚庵學佛荒史	陳慧劍　著
蘇曼殊大師新傳	劉心皇　著
近代中國人物漫譚・續集	王覺源　著
魯迅這個人	劉心皇　著
三十年代作家論・續集	姜　　穆　著
沈從文傳	凌　　宇　著
當代臺灣作家論	何　　欣　著
師友風義	鄭彥棻　著
見賢集	鄭彥棻　著
懷聖集	鄭彥棻　著
我是依然苦鬥人	毛振翔　著
八十憶雙親、師友雜憶（合刊）	錢　　穆　著
新亞遺鐸	錢　　穆　著
困勉強狷八十年	陶百川　著
我的創造・倡建與服務	陳立夫　著
我生之旅	方　　治　著
語文類	
中國文字學	潘重規　著

中國聲韻學	潘重規、陳紹棠 著
訓詁通論	吳孟復 著
翻譯新語	黃文範 著
詩經研讀指導	裴普賢 著
陶淵明評論	李辰冬 著
鍾嶸詩歌美學	羅立乾 著
杜甫作品繫年	李辰冬 著
杜詩品評	楊慧傑 著
詩中的李白	楊慧傑 著
司空圖新論	王潤華 著
詩情與幽境——唐代文人的園林生活	侯迺慧 著
唐宋詩詞選——詩選之部	巴壺天 編
唐宋詩詞選——詞選之部	巴壺天 編
四說論叢	羅盤 著
紅樓夢與中華文化	周汝昌 著
中國文學論叢	錢穆 著
品詩吟詩	邱燮友 著
談詩錄	方祖燊 著
情趣詩話	楊光治 著
歌鼓湘靈——楚詩詞藝術欣賞	李元洛 著
中國文學鑑賞舉隅	黃慶萱、許家鶯 著
中國文學縱横論	黃維樑 著
蘇忍尼辛選集	劉安雲 譯
1984	GEORGE ORWELL原著、劉紹銘 譯
文學原理	趙滋蕃 著
文學欣賞的靈魂	劉述先 著
小說創作論	羅盤 著
借鏡與類比	何冠驥 著
鏡花水月	陳國球 著
文學因緣	鄭樹森 著
中西文學關係研究	王潤華 著
從比較神話到文學	古添洪、陳慧樺主編
神話即文學	陳炳良等譯
現代散文新風貌	楊昌年 著
現代散文欣賞	鄭明娳 著
世界短篇文學名著欣賞	蕭傳文 著
細讀現代小說	張素貞 著

現代詩學	蕭　蕭　著
詩美學	李元洛　著
詩學析論	張春榮　著
橫看成嶺側成峯	文曉村　著
大陸文藝論衡	周玉山　著
大陸當代文學掃瞄	葉穉英　著
走出傷痕——大陸新時期小說探論	張子樟　著
兒童文學	葉詠琍　著
兒童成長與文學	葉詠琍　著
增訂江皋集	吳俊升　著
野草詞總集	韋瀚章　著
李韶歌詞集	李　韶　著
石頭的研究	戴　天　著
留不住的航渡	葉維廉　著
三十年詩	葉維廉　著
讀書與生活	琦　君　著
城市筆記	也　斯　著
歐羅巴的蘆笛	葉維廉　著
一個中國的海	葉維廉　著
尋索：藝術與人生	葉維廉　著
山外有山	李英豪　著
葫蘆・再見	鄭明娳　著
一縷新綠	柴　扉　著
吳煦斌小說集	吳煦斌　著
日本歷史之旅	李希聖　著
鼓瑟集	幼　柏　著
耕心散文集	耕　心　著
女兵自傳	謝冰瑩　著
抗戰日記	謝冰瑩　著
給青年朋友的信(上)(下)	謝冰瑩　著
冰瑩書柬	謝冰瑩　著
我在日本	謝冰瑩　著
人生小語㈠～㈣	何秀煌　著
記憶裏有一個小窗	何秀煌　著
文學之旅	蕭傳文　著
文學邊緣	周玉山　著
種子落地	葉海煙　著

向未來交卷　葉海煙 著
不拿耳朵當眼睛　王讚源 著
古厝懷思　張文貫 著
關心茶——中國哲學的心　吳怡 著
放眼天下　陳新雄 著
生活健康　卜鍾元 著

美術類

樂圃長春　黃友棣 著
樂苑春回　黃友棣 著
樂風泱泱　黃友棣 著
談音論樂　林聲翕 著
戲劇編寫法　方寸 著
戲劇藝術之發展及其原理　趙如琳譯著
與當代藝術家的對話　葉維廉 著
藝術的興味　吳道文 著
根源之美　莊申 著
中國扇史　莊申 著
立體造型基本設計　張長傑 著
工藝材料　李鈞棫 著
裝飾工藝　張長傑 著
人體工學與安全　劉其偉 著
現代工藝概論　張長傑 著
色彩基礎　何耀宗 著
都市計畫概論　王紀鯤 著
建築基本畫　陳榮美、楊麗黛 著
建築鋼屋架結構設計　王萬雄 著
室內環境設計　李琬琬 著
雕塑技法　何恆雄 著
生命的倒影　侯淑姿 著
文物之美——與專業攝影技術　林傑人 著